粵語普通話
同形異義詞

羅丹丹　張翼　李賽璐
李春紅　李黃萍　劉慧　編

U0061484

責任編輯	郭　楊	
書籍設計	吳冠曼	
書籍排版	何秋雲	
校對協力	許正旺	
粵拼審定	李嘉俊　鄭金輝	

書　　名	粵語普通話同形異義詞
編　　者	羅丹丹、張翼、李賽璐、李春紅、李黃萍、劉慧
插　　畫	羅丹丹
出　　版	三聯書店（香港）有限公司
	香港北角英皇道 499 號北角工業大廈 20 樓
	Joint Publishing (H.K.) Co., Ltd.
	20/F., North Point Industrial Building,
	499 King's Road, North Point, Hong Kong
香港發行	香港聯合書刊物流有限公司
	香港新界荃灣德士古道 220-248 號 16 樓
印　　刷	美雅印刷製本有限公司
	香港九龍觀塘榮業街 6 號 4 樓 A 室
版　　次	2024 年 7 月香港第 1 版第 1 次印刷
規　　格	32 開（130 mm × 190 mm）224 面
國際書號	ISBN 978-962-04-5508-7

目　錄

序　言

　　語言文字世界像一個五彩繽紛的萬花筒。搖一搖，變一個樣子，裏面有很多不同的現象呈現出來，可供我們觀察。同形異義詞就是一個有趣的語言現象，即書寫形式相同而詞義不同的詞。我們在中國香港、澳門特區，在粵方言流通的地區，推廣教學普通話時，就發現了這個現象。同是一個寫法的詞，在普通話和粵語中，詞義完全不同。那麼，我們在語言運用中，就要十分注意這個現象；不注意就用錯了，影響了交際。

　　很典型的一個例子就是「窩心」這個詞。譬如到母親節的時候，香港的一些報刊就會出現這類的廣告：「精挑細選，窩心禮物送給媽」（《明報》2024 年 5 月 10 日）。這裏的「窩心」是「貼心」的意思，即讓母親感到舒服，是褒義詞，母親收到貼心的禮物自然非常高興。可是，在普通話裏，「窩心」是煩悶鬱積在心中不能發洩出來、讓人感到委屈的意思。北方方言區的人都是這樣理解的，而普通話以北方方言為基礎，這個詞便反映出南北方言有不同的理解、不同的用法。如果不瞭解「窩心」這個詞在不同地區的不同釋義，用起來就會造成很大的誤會。

　　還有一個令人詫異的詞語 ——「班房」的用法。在香港、澳門，中小學裏的教室，大家都習慣叫做「班房」。可是普通話裏，「班房」是監獄或者拘留所的俗稱。「坐班房」、「蹲班房」、「進班房」，都是坐牢、坐監獄的意思。這兩個不同的意

思差別可就大了。「在班房裏上課」，難道是在牢房裏上課嗎？香港的粵語受英語的影響比較大一些，「班房」一詞是否由 classroom 直譯過來的呢？值得研究。

普通話的語音教學是重點之外，詞彙教學也是不可忽視的部分。香港幾所大學（香港理工大學、香港中文大學、香港恒生大學、香港都會大學）的六位老師羅丹丹、張翼、李賽璐、李春紅、李黃萍、劉慧，注意到了粵普詞彙教學中出現的同形異義詞的問題，他們從自己的教學實踐中積累了豐富的語料，又參考查找了許多有關資料，用兩年多的時間，搜集了 342 個詞語，編寫了這本《粵語普通話同形異義詞》。他們在編寫過程中，態度嚴肅認真，反覆仔細討論，下筆處處為讀者設想，這從書中詞語的釋義和舉例中就能看出來。

《粵語普通話同形異義詞》可以適應不同讀者的需要，供不同讀者使用。學習普通話的讀者，著重瞭解詞語在普通話交流中的使用；學習粵語的讀者，要看明白這些詞語在粵語交流中的意思。在此過程中，舉一反三，培養語感。

學習任何語言，要想順暢表達自己的思想感情，僅僅正音是遠遠不夠的，還需要積累大量的詞彙。在不同的交際環境中，選擇合適的詞語，做到表達得體，這才真正學會了一門語言，或者一種方言。《粵語普通話同形異義詞》從一個視角（可能我們原來沒有注意到這個視角），使我們瞭解了這種有趣的詞彙現象。讀者看完全書，相信一定會有收穫，有這麼多豐富的語料，應該可以用這個話題侃侃而談了。如果你是位普通話教師，就要告訴學生，不能說「我們坐在班房裏」，「班房」在普通話裏可是「監獄」的意思。而要說「我們坐在教室裏」。學生們聽了會笑起來，也就記住這個同形異義詞了！善於從這本書中選擇一些詞語陸續教給學生，有助

於豐富自己的詞彙教學。

　　誠摯向廣大讀者和普通話教師推薦這本好書。如果大家有新的補充詞例提供給作者，積極互動，形成研討的氣氛，是我們共同所願。

　　是為序。

田小琳

2024 年 6 月 1 日於香港

前　言

　　在香港這座獨具語言特色的國際化都市中，普通話與粵語並存，兩者雖同屬漢語語系，但在實際應用中卻存在著諸多差異。其中，粵語普通話同形異義詞現象較為突出，也頗具特色。這不僅增加了粵方言母語者學習普通話的難度，同時也增加了粵方言區和北方方言區人士之間的溝通障礙。鑑於此，我們經過深入研究與精心編纂，終成《粵語普通話同形異義詞》一書，旨在為廣大語言學習者、教育工作者及學術研究者提供一份生動、實用的學習或參考資料，幫助大家更深入地理解和熟練運用普通話和粵語，以打破溝通的障礙，增進文化之間的交流與理解。

　　「粵語普通話同形異義詞」指形態完全相同的漢語詞彙在粵語與普通話中呈現出不同的詞義或用法。這些詞彙差異，不僅僅是語義層面的，更是文化與習俗層面的反映，值得我們深入探討。

　　本書的編纂工作由香港幾所大學（香港理工大學、香港中文大學、香港恒生大學、香港都會大學）的六位老師合作完成，六位老師皆為國家級普通話水平測試員，其中兩位擔任高校普通話培訓測試中心主任。在編纂本書的過程中，我們秉持著嚴謹與創新的理念，基於實際教學的案例和語料，首先研讀了《現代漢語詞典（第 7 版）》《應用漢語詞典》《現代漢語學習詞典（繁體版）》《香港粵語大詞典》《全球華語大詞典》《香港社區詞詞典》等多部關於普通話與粵語方面

的辭典，隨後根據普通話和粵語實際語用情況進行辨析，並從中篩選出了一批具有代表性的普通話與粵語同形異義詞。每個詞條均配備了精準的普通話與粵語釋義，並輔以鮮活、貼切的例句，力求通過實際語境突出詞彙差異。其次，為了拓寬讀者的詞彙視野，體現詞義的延展性和豐富性，我們特地為部分詞條增添了相關詞彙的介紹，拓展讀者的詞彙應用領域。此外，我們的這本書還融入了眾多生動、有趣的手繪插畫，這些插畫不僅能為閱讀增添趣味性，更能輔助讀者直觀、深入地理解詞義，使學習過程更加輕鬆愉快。

2022 年我們編寫出版的《普通話常用口語詞》受到廣大讀者和從事普通話教學老師的廣泛好評和推薦，我們深感榮幸、備受鼓舞。這份支持與肯定也成為了編寫《粵語普通話同形異義詞》的強大動力。在此，我們向所有給予支持和鼓勵的朋友們表示由衷的感謝。

本書的編纂離不開諸多專家學者的鼎力相助。我們特別感謝田小琳教授不吝賜序，以及香港三聯書店鄭海檳經理、郭楊編輯等專業編輯製作團隊的辛勤付出。同時，我們也誠摯邀請廣大讀者提供寶貴意見，以便我們在未來的修訂中臻於至善。

最後，我們衷心期盼《粵語普通話同形異義詞》一書能夠為香港地區的普通話教學與研究，以及促進區域交流略盡一份心力。同時，我們也希冀本書能夠拋磚引玉，使更多有識之士投身於中華語言與文化的研究工作之中，為傳承和發揚我國語言文化瑰寶而不懈努力，共創中華文化燦爛輝煌的明天。

編者
2024 年 3 月於香港

凡　例

一、收詞範圍

本書共收錄 342 條普通話粵語同形異義詞（含 1 條西文字母詞），語料主要來源於教學實際和日常生活，並參考多部詞典進行釋義及舉例。

二、釋義說明

1. 每個詞條均按普通話和粵語的常用義項進行釋義，並附有普粵拼音和例句。為方便讀者理解，粵語例句後還附有普通話對譯句子。例如：

粵 你講白話啦，我聽得明㗎。

普 你説粵語吧，我聽得懂。

2. 若粵語義項與普通話完全相同，則直接標注「同普通話義」。

3. 若一個詞條能夠衍生出與之意義相關的其他詞彙，本書則在該詞條釋義和例句之下繼續羅列並解釋與主詞條意義相關的「相關詞語」。例如：「蛇」作為主詞條，其相關詞語「人蛇」、「蛇頭」、「生蛇」等，則會置於「蛇」詞條之下並進行闡釋。

三、詞條排列與注音

本書所有詞條按照首字的普通話拼音順序排列。內文中每個詞條也會分別標注普通話拼音和粵語拼音。若粵語存在多音字，本書會在相應的粵語釋義後再次標注粵語拼音，以方便讀者辨讀。

普通話音序索引

筆畫索引

1 鶴鶉 _普 ān·chún _粤 am1 ceon1

_普 一種禽鳥，頭小尾短，赤褐色，不善飛。

例 鶴鶉只有兩年的壽命，卻能產蛋三百多個，所以鶴鶉養殖場越開越多。

_粤 ❶ 同普通話義。

❷ 膽小怕事，遇事不敢站出來表明自己的態度。

例 出咗事佢就成隻鶴鶉嗽樣，粒聲都唔出。
出了事兒他就縮起來一聲不吭了。

2 八 ^普 bā ^粵 baat3

普 數字。

　⑩ 超市裏一斤白菜賣八塊錢。

粵 ❶ 同普通話義。

❷ 說閒話。

　⑩ 我喺隔籬組收到風，特登過嚟同你哋八下。

　　我在隔壁組聽到消息，特意過來和你們說說。

❸ 愛管閒事。

　⑩ 珍姐份人好八，我哋講咩佢都要聽埋一份。

　　珍姐很愛管閒事，我們說甚麼她都湊過來聽。

---

3 八卦 ^普 bāguà ^粵 baat3 gwaa3

普 ❶ 古代一套有象徵意義的符號，多用來占卜。

　⑩ 我學易經就是從對八卦圖感興趣開始的。

❷ 沒根據的或荒誕低俗的（消息）。

⒤ 這種毫無依據、無中生有的八卦新聞你也信？

粵 ❶ 同普通話義 ❶❷。

❷ 愛打探消息，道人是非。

⒤ 你份人都幾八卦，人哋講乜嘢都好似關你事噉。
　　你這人這麼愛管閒事，別人說甚麼好像都和你有關係似的。

4　　霸王　　普 bàwáng　　粵 baa3 wong4

普 強勢霸道的人。

⒤ 這孩子是這一帶有名的小霸王，臭名昭著。

粵 ❶ 同普通話義。

❷ 後面跟名詞「餐」、「車」等，指不付錢強行白吃白用。

⒤ 頭先坐巴士唔記得入錢，坐咗霸王車嚟。
　　剛剛坐公共汽車忘了給錢，白坐了一趟車。

3

5 霸位 普 bà wèi 粵 baa3 wai2

普 在對號入座的公共交通工具上強佔別人的座位。

例 大家都在指責那位霸位的乘客，但他裝聾作啞置之不理。

粵 提前佔座兒。

例 我去茶樓霸個靚位先，你哋慢慢嚟。

我先去茶樓佔個好位置，你們慢慢來。

6 白粉 普 báifěn 粵 baak6 fan2

普 白色的化妝粉。

例 京劇演員通常要用白粉定妝。

粵 海洛因。

例 緝毒犬喺機場一個行李裏面發現一包白粉。

緝毒犬在機場的一個行李箱裏發現一包海洛因。

7 白話 普 báihuà 粵 baak6 waa2

普 ❶ 指不能實現或沒有根據的話。

例 不能老空口説白話，得做點實事兒。

❷ 漢語書面語的一種。

例 五四運動後，白話才在社會上普及、應用。

粵 ❶ 同普通話義 ❶❷。

❷ 粵語。

例 你講白話啦，我聽得明㗎。

你說粵語吧，我聽得懂。

8　班　　普 bān　　粵 baan1

普 ❶ 學習或工作的組織。

例 我倆上小學的時候是同班同學。

❷ 按時間分成段落的工作。

例 這份工作需要值夜班，你可以嗎？

❸ 定時開行的交通工具。

例 最後一班船將在五分鐘後開出。

粵 ❶ 同普通話義 ❶❷❸。

❷ 一群。

例 我下個月打算同班好兄弟去旅行。

我下個月打算和我的一群好兄弟去旅行。

❸ 召集；拿、取。

例 呢度漏水，幫我去管理處班啲架撐過嚟。

這裏漏水了，幫我去管理處找些工具來。

❹ 相關詞語：班馬 → 搬救兵。

例 我哋兩個人唔夠佢哋鬥，快啲打電話班馬嚟啦！

咱倆鬥不過他們，快點兒打電話搬救兵來呀！

9　班房　　普 bānfáng　　粵 baan1 fong2

普 監獄或拘留所的俗稱。

例 警察把犯罪嫌疑人帶到了班房進行審訊。

粵 教室。英語「classroom」的意譯。

例 老師一行入班房，全班即刻靜晒。

老師一走進教室，全班立刻安靜了。

10　板斧　　普 bǎnfǔ　　粵 baan2 fu2

普 刃平而寬的大斧子。

例《水滸傳》裏李逵用的武器是兩把板斧。

粵 辦法、本領或技能。

例 佢一出馬就搞掂咗，確實係有兩三道板斧。

他一出馬就搞定了，確實有兩下子。

11　扮　　普 bàn　　粵 baan6

普 ❶ 裝扮成某種人物。

例 這場戲他扮張飛，你演劉備。

❷ 做出某種表情。

例 她扮了個鬼臉，把大夥兒都逗樂了。

粵 ❶ 同普通話義 ❶❷。

6

❷ 假裝。

例 做錯嘢就認咗佢，你扮喊都冇用。

做錯事了就要認，你裝哭也沒用。

12　幫辦　普 bāngbàn　粵 bong1 baan2

普 幫助主管人員辦理公務。

例 他在總務處幫辦一些雜務。

粵 香港警務系統督察級別的俗稱。

例 今次嘅拘捕行動中，有一位重案組嘅幫辦受咗傷。

這次的拘捕行動中，有一位重案組的督察受傷了。

13　幫襯　普 bāngchèn　粵 bong1 can3

普 **❶** 幫助；幫忙。

例 咱們是親戚，互相幫襯是應該的。

❷ 幫補；資助。

例 買房子時，父母也幫襯了我一部分。

粵 光顧。

例 多謝幫襯，下次叫埋朋友一齊嚟啦。

謝謝光顧，下次叫上朋友一起來啊。

14　幫手　普 bāng·shou　粵 bong1 sau2

普 幫助工作的人。

　例 工作太多了，他準備找幾個幫手。

粵 ❶ 同普通話義。

　❷ 幫忙做事。

　例 我一個人拎唔晒咁多袋嘢，你幫手拎兩袋啦。

　　我一個人拿不了這麼多袋東西，你幫忙拎兩袋呀。

15 爆肚兒 　普 bàodǔr　粵 baau3 tou5

普 牛羊內臟做成的菜餚。

例 這盤爆肚兒做得爽嫩可口。

粵 即興發揮。

例 呢位棟篤笑嘅演員，每場表演都會因應現場嘅反應臨時爆肚。

這位脫口秀演員，每場表演都會根據現場的反應即興發揮。

16 本心 　普 běnxīn　粵 bun2 sam1

普 本來的心願。

例 他説這番話是出於本心，並不是嘩眾取寵。

粵 良心；真心實意。常用否定形式。

例 阿爸嘅生日你都唔記得，真係冇本心！

爸爸的生日你都忘了，真沒良心！

17 逼 　普 bī　粵 bik1

普 ❶ 威脅；強迫。

例 你怎麼逼他都沒用，他是不會答應的。

❷ 靠近、接近。

例 颱風將直逼香港，政府提醒市民做好防風準備。

粵 ❶ 同普通話義 ❶❷。也寫作「迫」。

❷ 擁擠。也寫作「迫」。

例 放工時間無論搭地鐵定係搭巴士都好逼。

下班時間無論坐地鐵還是坐公共汽車都很擠。

18　邊　普 biān　粵 bin1

普 ❶ 界限；邊際；邊緣。

例 海邊應該只有沙灘和礁石，沒有春暖花開吧？

❷ 方面。

例 你們誰有理，我就站在誰那邊。

❸ 靠近的位置。

例 你的答案一點兒都不沾邊。

粵 ❶ 同普通話義 ❶❷❸。

❷ 疑問代詞，相當於「哪」。粵語常說「邊個」、「邊位」、「邊樣」。

例 你去咗邊啊？

你去哪兒了？

19　標籤　普 biāoqiān　粵 biu1 cim1

普 標識物品的紙片、布片等。

例 你送人禮物怎麼連價格標籤都沒撕掉。

粵 ❶ 同普通話義。

❷ 分類（多為貶義）。

例 呢區有乜餐廳，畀居民標籤為「美食沙漠」。

這一區的餐廳不多，被居民戲稱為「美食沙漠」。

20　別墅　　普 biéshù　　粵 bit6 seoi6

普 帶庭院的住宅。

例 山腳下建了一片別墅。

粵 ❶ 同普通話義。

❷ 按鐘點收費的酒店。

例 佢去香港旅行前訂咗間別墅，嚟到先知自己訂咗間時鐘酒店。

他去香港旅行前預訂了一家「別墅」，到了才發現是一家時鐘酒店。

21　賓館　　普 bīnguǎn　　粵 ban1 gun2

普 設施好的大型旅館，現多稱酒店。

例 北京釣魚台是接待外國政要的賓館，號稱「國賓館」。

粵 設施一般、規模小的旅館，相當於內地的招待所。

例 旅遊旺季好難訂到酒店，就連賓館都爆晒棚。

旅遊旺季很難訂到酒店，連小旅館都爆滿了。

22　餅　　普 bǐng　　粵 beng2

普 一種麵製扁平狀的主食。

例 我在小攤兒上買了一張餅當早餐。

粵 ❶ 同普通話義。

❷ 中西式糕點。

例 今日嘅下午茶有老婆餅同埋西餅，你哋隨便食。

今天下午茶有老婆餅和西點，你們隨便吃。

❸ 量詞，多用於圓形物體，如錄音帶或錄像帶。

例 屋企有餅懷舊金曲錄影帶，好有紀念價值。

家裏有一盤懷舊金曲錄像帶，很有紀念價值。

❹ 萬元的俗稱。

例 呢款波鞋炒到成一餅嘢都有人買。

這款球鞋炒賣到一萬塊還有人買。

❺ 相關詞語：餅印 → 餅模子；比喻兩個人長得很像。

例 你兩個成個餅印噉，一睇就知係兩父子。

你倆像一個模子裏刻出來似的，一看就是父子倆。

23　波　　普 bō　　粵 bo1

普 水面因震盪產生的起伏現象。

例 夕陽倒映在微波粼粼的湖面上，真是一幅美景。

（粵） ❶ 同普通話義。

❷ 球。英語「ball」的音譯詞。

（例） 不如我哋放學後一齊去踢波？

要不我們放學後一起去踢球？

24　駁　（普）bó　（粵）bok3

（普） 否定別人的意見。

（例） 毫無根據的謠言不值一駁，清者自清。

（粵） ❶ 同普通話義。

❷ 連接。

（例） 呢度要兩條電線駁埋一齊先通到電。

這裏要把兩條電線連接在一起才能通電。

❸ 相關詞語：駁嘴駁舌 →（晚輩向長輩）頂嘴或插嘴。

（例） 老師話緊你，你仲夠膽駁嘴駁舌。

老師批評你呢，你還敢頂嘴。

25　搏　（普）bó　（粵）bok3

（普） 搏鬥；對打。

（例） 拳擊是一種徒手近身肉搏的競技運動。

（粵） ❶ 同普通話義。

❷ 貪圖；為了得到好處而嘗試做出一些事情。

⑩ 佢成日擦鞋都係為咗搏升職。

他經常拍馬屁就是為了想升職。

❸ 碰運氣。

⑩ 佢想去睇名店剪綵，搏下見唔見到明星。

她想去看名店剪綵，碰碰運氣看能不能見到明星。

---

26 不如　　普 bùrú　　粵 bat1 jyu4

普 表示前面提到的人或事物比不上後面所說的。

⑩ 這幾個弟弟都不如姐姐勤快。

粵 ❶ 同普通話義。

❷ 要不；不然。

⑩ 不如我哋聽日去游水？

要不我們明天去游泳？

27 擦鞋 普 cā xié　粵 caat3 haai4

普 清潔、護理皮鞋。

　　⑩ 現在已經很難找到擦鞋攤兒了。

粵 ❶ 同普通話義。

　　❷ 比喻趨炎附勢，奉承巴結；拍馬屁。

　　⑩ 有料嘅人唔使靠擦鞋上位。

　　　　有能力的人不用靠拍馬屁升職。

❸ 相關詞語：鞋油 → 拍馬屁時費的唇舌或功夫。

例 為咗簽到張單，我落足鞋油擦個客鞋。

為了能爭取到這張訂單，我對客戶說了很多奉承話。

28　踩　　普 cǎi　　粵 caai2

普 腳底接觸地面或物體。

例 剛穿上的新鞋就被你踩髒了。

粵 **❶** 同普通話義。

❷ 貶低；批評。

例 你唔好成日踩人哋，專心做好自己嘅嘢先。

你別每天挑別人的毛病，專心做好自己的事吧。

❸ 陷入困境。

例 賭錢會令你越踩越深，無法自拔。

賭錢會讓你越陷越深，無法自拔。

❹ 長時間做同一件事，多指工作。

例 為咗準備聽日嘅開幕儀式，我哋由朝早七點踩到凌晨兩點。

為了準備明天的開幕式，我們從早上七點一直工作到凌晨兩點。

29 菜 普 cài 粵 coi3

普 ❶ 餐桌上的菜餚（包括葷、素）。

例 就咱倆，又是魚又是雞的，叫了這麼多菜，吃得完嗎？

❷ 質量低；水平低；能力差。

例 我羽毛球打得很菜，你讓著我點兒。

粵 ❶ 同普通話義 ❶。

❷ 僅指蔬菜類的菜餚。

例 成枱都係肉，不如嗌多碟菜。

一桌子大魚大肉，要不再叫盤青菜吧。

30　殘　　普 cán　　粵 caan4

普 ❶ 不完整；殘缺。

例 他身殘志堅，積極樂觀地面對生活。

❷ 快結束的；剩餘的。

例 他經常把餐廳裏的殘羹剩飯拿去餵流浪狗。

粵 ❶ 普通話義 ❶❷。

❷ 破舊；破損。

例 條褲著到殘晒都唔捨得掉。

　　這條褲子穿得這麼舊，還捨不得扔。

❸ 精神面貌差，面容憔悴。

例 你幾多日冇瞓覺？個樣咁殘嘅？

　　你幾天沒睡覺了？怎麼這麼憔悴呀？

31　操　　普 cāo　　粵 cou1

普 ❶ 由一系列動作編排起來的體育活動。

例 課間休息時，李老師都會帶著孩子一起做操。

❷ 用某種語言或方言說話。

例 他在國外待了很多年，如今能操一口流利的外語。

粵 ❶ 同普通話義 ❶❷。

❷ 鍛煉；訓練。

例 佢日日都去操肌，唔使三個月，已經操出六嚿腹肌。

他每天都去健身，不到三個月，已經練出了六塊腹肌。

---

32   CCTV

普 China Central Television，中國中央電視台的英文簡稱。

例 大年三十晚上，大家都習慣看 CCTV 春節聯歡晚會。

粵 Closed-Circuit Television，閉路電視的英文簡稱。視頻監控系統。

例 酒店嘅 CCTV 影低咗成個案發過程。

酒店的閉路電視拍下了案發全程。

---

33   層   普 céng   粵 cang4

普 指建築物樓層；重疊。

例 這棟大廈已經建到三十六層，很快就要封頂了。

粵 ❶ 同普通話義。

❷ 量詞，一套住宅。

例 我買咗層好細嘅樓，三百呎都冇。

我買了一套很小的房子，三十平米都不到。

34 叉燒　　^普 chāshāo　　^粵 caa1 siu1

普 一種烤肉。

　例 用氣炸鍋自製叉燒味道也挺不錯的。

粵 ❶ 同普通話義。

　❷ 英語「chance」的音譯詞，多指排球比賽中得分的機會。

　例 多得對方成日請食叉燒，我哋先贏到呢場排球賽。
　　　好在對方經常失誤，我們才贏了這場排球賽。

---

35 茶樓　　^普 chálóu　　^粵 caa4 lau4

普 以喝茶為主，有樓層的茶館兒。

　例 老同學聚餐後意猶未盡，又找了家茶樓繼續聊天兒。

粵 以港式飲茶為主的飯店。

　例 聽朝早啲起身，去茶樓嘆返一盅兩件先。
　　　明天早點兒起床，去酒樓享用一下港式點心。

---

36 查實　　^普 cháshí　　^粵 caa4 sat6

普 查證核實。

　例 已經查實這起事故與他無關。

粵 其實。

例 查實我唔太鍾意呢份工。

其實我不太喜歡這份工作。

---

37 差人　普 chāi rén　粵 caai1 jan4

普 派遣；差使。

例 這點兒小事，差人去做就行了，何必自己跑一趟。

粵 警察的俗稱。

例 你再係咁曳，我搵差人拉你去差館！

你再這麼淘氣，我就找警察抓你去警局。

---

38 長工　普 chánggōng　粵 coeng4 gung1

普 舊時靠長年出賣勞力謀生的貧苦農民。

例 他在地主家做了一輩子長工。

粵 長期、穩定的工作。

例 你成日做散工，有冇諗過搵份收入穩定嘅長工？

你整天打零工，有沒有想過找份收入穩定的長期工作？

---

39 唱　普 chàng　粵 coeng3

普 依照樂律發出的聲音。

例 他唱的這首歌很感人。

粵 ❶ 同普通話義。

❷ 到處宣揚（多含貶意）。

例 呢間鋪頭專呃人錢，我要唱衰佢。
這家店專門騙錢，我要讓大家都知道它很差。

❸ 換錢。

例 就快去旅行，去唱定啲外幣先。
就要去旅行了，先換點兒外幣吧。

---

40 炒　　普 chǎo　　粵 caau2

普 ❶ 一種烹飪方法。

例 炒這道菜的關鍵是要掌握好火候。

❷ 低買高賣，從中賺取高額利潤。

例 前幾年他炒房炒股賺了不少錢。

❸ 為擴大影響而反覆地大肆宣傳。

例 他是個有實力的演員，從來不炒花邊新聞。

粵 ❶ 同普通話義 ❶❷❸。

❷ 車輛碰撞；行駛中出意外。

例 幾架車喺高速公路炒埋一齊。
幾輛車在高速公路上連環相撞。

❸ 被解僱。

例 你成日返工遲大到，因住畀人炒咗。
你經常上班遲到，小心被炒魷魚。

④ 足球用語，打敗。

⑩ 今日場波我哋炒咗對方四球。

今天這場球賽我們進了四個球。

⑤ 指射門或投籃時偏了。

⑩ 關鍵時刻嘅罰球竟然炒咗。

關鍵時刻的罰球竟然射偏了。

41　車　　普 chē　　粵 ce1

有輪子的陸上交通運輸工具。

⑩ 咱們坐車去還是走路去？

粵 ❶ 同普通話義。

❷ 開車接送。

⑩ 橫掂順路，我車你返屋企。

反正順路，我開車送你回家。

❸ 用縫紉機縫紉。

⑩ 我細個著嘅衫，全部都係媽咪自己車嘅。

我小時候穿的衣服，全都是媽媽自己用縫紉機做的。

❹ 用力扔、掄、甩動東西。

⑩ 佢突然發爛渣，仲成個手袋車埋嚟。

他突然發脾氣，還掄包砸我。

42　車牌　　普 chēpái　　粵 ce1 paai4

普 汽車前後的金屬牌，上面有車輛登記的地區和號碼。

例 看車牌就知道這輛車不是廣東省的。

粵 ❶ 同普通話義。

❷ 駕駛執照。

例 佢啱啱攞咗車牌就即刻買咗架車。

他剛拿到駕照馬上就買了一部車。

43　襯　_普 chèn　_粵 can3

普 陪襯；襯托。

　　⑩ 我喜歡用尤加利葉襯玫瑰，插出來的花特別美。

粵 匹配。

　　⑩ 我覺得佢哋兩個好襯。

　　　　我覺得他倆很般配。

44　抽水　_普 chōu shuǐ　_粵 cau1 seoi2

普 用水泵吸水。

　　⑩ 你們幾個負責魚塘的抽水工作。

粵 ❶ 同普通話義。

　　❷ 從交易中抽取的費用。

　　⑩ 我當佢係朋友，點知叫佢幫我買本書都抽我水。

　　　　我把他當朋友，誰知道讓他幫我買本書還撈油水。

　　❸ 喻指藉故以身體碰撞的非禮行為。

　　⑩ 講笑還講笑，唔好乘機抽水喎。

　　　　開玩笑就開玩笑，別趁機揩油。

　　❹ 蹭熱度；炒作。

　　⑩ 有啲網紅特登攞明星醜聞嚟講笑，一味靠抽水上位。

　　　　有些網紅故意拿明星醜聞來調侃，只是為了蹭熱度。

45 籌　普 chóu　粵 cau4、cau2

普 籌措。

例 學生們通過義賣為學會籌得了一筆經費。

粵 ❶ 同普通話義。讀 cau4。

❷ 排隊的憑證。讀 cau2。

例 禮拜日好多人飲茶，要一早去攞籌至得。
星期天喝茶的人很多，要一大早去排隊拿號才行。

---

46 出　普 chū　粵 ceot1

普 從裏面到外面；離開某地。

例 開車出市區至少得半個小時。

粵 ❶ 同普通話義。

❷ 從所在地前往更為繁華熱鬧的地區。

例 由新界出九龍要搭一個鐘頭車。
從新界去九龍要坐一個小時的車。

❸ 靠外的位置。

例 喺月台等車行返入啲，唔好企咁出，好危險。
在月台等車往裏站點兒，不要站在月台邊兒，很危險。

47　出力　　普 chū lì　　粵 ceot1 lik6

普 施展能力；盡力。

例 這次的慈善晚會辦得這麼成功，多虧有您既出錢又出力。

粵 ❶ 同普通話義。

❷ 使勁兒；用力。

例 個樽蓋冚得好實，要出力先扭得開。
　　瓶蓋太緊了，得用力才能擰開。

48　出面　　普 chū miàn

粵 ceot1 min2、ceot1 min6

普 親自出來或以某種名義出來（做某事）。

例 校長親自出面接待來交流的代表團。

粵 ❶ 同普通話義。讀 ceot1 min2。

❷ 外面。讀 ceot1 min6。粵語也說「出便」。

例 出面好多人，你等一陣再出去。
外面人很多，你等一會兒再出去。

49　出身　　普 chūshēn　　粵 ceot1 san1

普 ❶ 動詞，生於某階層的家庭。

例 他出身於一個醫生家庭。

❷ 名詞，由家庭背景或個人經歷決定的身份。

例 一個人的成功不在於他的出身，而在於他後天是否努力。

粵 ❶ 同普通話義 ❶❷。

❷ 開始獨立謀生。

例 幾個仔女都出晒身，佢而家可以嘆世界喇。
幾個兒女都工作了，他現在可以享受生活了。

50　串　　^普 chuàn　　^粵 cyun3

普 ❶ 量詞，用於連貫起來的東西。

   例 架子上那一串串葡萄看著真誘人。

  ❷ 動詞，把事物逐個連貫起來，成為整體。

   例 經過分析，整件事的前因後果都能串起來了。

粵 ❶ 同普通話義 ❶❷。

  ❷ 拼寫單詞（多指西文詞語）。

   例 「哲學」嘅英文點樣串？

     「哲學」這個英語單詞是怎麼拼寫的？

51　窗花　　^普 chuānghuā　　^粵 coeng1 faa1

普 剪紙的一種，用來做窗戶上的裝飾。

   例 她心靈手巧，剪的窗花特別好看。

粵 窗戶上的金屬防護欄。

   例 為咗兩個細路嘅安全，間新屋一定要裝窗花。

     為了兩個孩子的安全，新房子的窗戶一定要裝防護欄。

52　湊　　^普 còu　　^粵 cau3

普 ❶ 拼湊；聚集。

   例 大家湊一塊_兒不容易，今天好好聚一下。

❷ 靠近。

⑩ 說明書的字太小，湊近了才能看清。

粵 ❶ 同普通話義 ❶。

❷ 照顧孩子。

⑩ 黃太退休之後幫手湊孫，仲忙過返工。

黃太太退休後幫著照顧孫子，比上班還要忙。

---

53 寸　<small>普</small> cùn　<small>粵</small> cyun3

<small>普</small> ❶ 長度單位。

⑩ 褲子太長，改短兩寸才合適。

❷ 極短或極小。

⑩ 颱風吹得他寸步難行。

<small>粵</small> ❶ 同普通話義 ❶❷。

❷ 形容態度、言語傲慢囂張。有時也寫作「串」。

⑩ 佢份人好寸，我忍咗佢好耐喇。

他這個人很囂張，我忍了他很久了。

❸ 用傲慢囂張的態度或言語諷刺別人。

⑩ 兩公婆相處，有時我寸下你，你寸下我都係一種情趣。

兩夫妻相處，有時你調侃我一句，我調侃你一句，也是一種情調。

54 搭 _普 dā ^粵 daap3

普 ❶ 支起；架起。

㉿ 到了營地咱們先把帳篷搭起來。

❷ 加上；湊上。

㉿ 賣你一件衣服不賺錢，還得搭上運費。

❸ 配合。

㉿ 日常飲食搭點兒粗糧吃比較健康。

❹ 乘坐交通工具。

㉿ 我搭地鐵上班很方便。

粵 ❶ 同普通話義 ❶❸❹。

❷ 請求別人順便幫忙做事。

㉿ 阿芬去歐洲公幹，我搭佢幫我買咗個名牌銀包。

　　阿芬去歐洲出差，我託她幫我買了個名牌錢包。

55 搭車　　普 dā chē　　粵 daap3 ce1

普 坐順風車。

　　⟨例⟩ 小王每天都搭鄰居的車上班。

粵 乘坐公共交通工具。

　　⟨例⟩ 我住呢區搭車去邊度都好方便。

　　　　我住的這個區坐車去哪兒都很方便。

---

56 搭棚　　普 dā péng　　粵 daap3 paang4

普 搭建棚子。

　　⟨例⟩ 這幾天餘震不斷，咱們得搭棚睡院子裏。

粵 樓宇建設、翻新和修理時搭建的腳手架，供工人進行高空作業。

　　⟨例⟩ 大廈需要維修外牆，聽日開始搭棚。

　　　　大廈需要維修外牆，明天開始搭建腳手架。

---

57 打　　普 dǎ　　粵 daa2

普 ❶ 敲打；撞擊。

　　⟨例⟩ 兒子最近想學打鼓。

　　❷ 因撞擊而破碎。

　　⟨例⟩ 花瓶打了沒關係，收拾的時候別傷著手。

❸ 製造。

㊟ 家裏的桌椅都是爺爺自己打的。

❹ 買。

㊟ 你幫我去食堂打份兒飯回來。

粵 ❶ 同普通話義 ❶。

❷ 分辨人或事。

㊟ 呢對雙胞胎好似樣，連佢哋阿媽都成日分唔清邊個打邊個。

這對雙胞胎長得很像，連他們媽媽都經常分不清誰是誰。

❸ 人或物擺放的角度或方位。粵語常說「打橫」、「打直」、「打斜」等。

㊟ 唔該幫我哋打橫影張合照。

請幫我們橫著拍張合照。

58 打敗仗 普 dǎ bàizhàng

粵 daa2 baai6 zoeng3

普 在戰爭中失敗；在競賽或工作中失利。

例 明天開會要檢討一下這次辯論大賽我們打敗仗的原因。

粵 ❶ 同普通話義。

❷ 生病。

例 我今日打敗仗，唔同你出街喇。
我今天生病了，不能陪你逛街了。

59 打柴 普 dǎ chái 粵 daa2 caai4

普 用刀具等輔助撿拾枯萎的樹枝類。

例 農閒時，叔叔會上山打柴準備過冬。

（粵）東西壞了，不能運作。

例 新買嘅咖啡機用咗幾日就打柴，完全冇反應。

新買的咖啡機用了幾天就壞了，完全沒反應。

60　打底　　普 dǎ dǐ　　粵 daa2 dai2

（普）❶ 畫底樣或起草稿。

例 你先打個底，我再修改一下。

❷ 打基礎。

例 浴室裝修時防水打底一定要做好。

（粵）❶ 收到暗示或消息。

例 好彩開會前打定個底，如果唔係一定畀老細問到口啞啞。

幸好開會前收到風，不然就被老闆問得啞口無言了。

❷ 餐前吃點兒東西墊底兒。

例 晚宴通常好遲先開席,你去之前食個包打底先。

晚宴一般都很晚才開席,你去之前先吃個麵包墊墊底兒。

61 打尖 　普 dǎ jiān　粵 daa2 zim1

普 旅途中休息吃東西。

例 走了兩個小時了,咱們到前面那棵大樹下打尖吧。

粵 插隊；加塞兒。

例 而家已經少咗人會排隊打尖。

現在排隊時已經很少有人加塞兒了。

62　大班　　普 dàbān　　粵 daai6 baan1

普 ❶ 幼兒園年齡較大的幼兒所在的班級。

例 我女兒六月份大班畢業，就要升小學了。

❷ 根據授課班級的學生人數多少可分為大班和小班。

例 選修課多數是大班教學。

❶ 同普通話義 ❷。

❷ 舊時稱洋行經理，現指企業高層。

例 你成日點人做嘢，當正自己係大班啊？

你經常叫別人做事，以為自己是老總啊？

❸ 相關詞語：大班椅 → 較高檔的辦公椅。

例 呢張大班椅坐落去好舒服，好有氣派。

這把辦公椅坐著很舒服，很氣派。

63　　大餅　　普 dàbǐng　　粵 daai6 beng2

普 大張的烙餅。

例 這家東北館子的大餅很好吃。

粵 指一元、兩元、五元的硬幣。

例 自從有咗電子貨幣，搭車唔使再袋住咁多大餅喇。

自從有了電子貨幣，坐車不用帶那麼多鋼鏰兒了。

64　　大伯　　普 dàbó　　粵 daai6 baak3

普 父親的大哥。

例 大伯和父親都步入花甲之年了，身子骨還很硬朗。

粵 丈夫的大哥。

例 我老公同大伯，兩兄弟夾份開咗間餐廳。

我丈夫和他大哥合夥開了一家餐廳。

65　大出血　　普 dàchūxuè

粵 daai6 ceot1 hyut3

普 ❶ 血管破裂或內臟損傷引起的大量出血。

例 醫生正在搶救一個胃部大出血的病人。

❷ 比喻花錢買東西或為他人出錢或提供物品。

例 為了給你買這份禮物，我今天可是大出血了。

粵 ❶ 同普通話義 ❶❷。

❷ 商家低價處理商品。

例 因為執笠清貨，鋪頭所有貨品大出血平賣。
因為結業清貨，店裏的所有貨品低價出售。

66　大話　　普 dàhuà　　粵 daai6 waa6

普 虛誇的話。

例 她說話經常不著邊際，大話連篇。

粵 謊話。

例 事實已經擺在眼前，你仲擘大眼講大話？
事實已經擺在眼前，你還睜眼說瞎話？

67 大信封
普 dà xìnfēng

粵 daai6 seon3 fung1

普 大號的信封。

例 這些文件不要對折，用大信封寄。

粵 解僱通知書。

例 你做嘢再係咁唔上心，等住收老細嘅大信封啦。

你工作再這麼不用心，就等著收解僱信吧。

D

68 大閘蟹
普 dàzháxiè

粵 daai6 zaap6 haai5

普 一種湖蟹。

例 江蘇陽澄湖出產的大閘蟹特別暢銷。

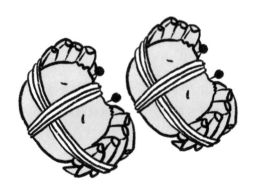

粵 ❶ 同普通話義。

❷ 股票、證券被套牢的投資者。

例 呢排嗰市好波動，入錯貨隨時會變大閘蟹。

最近股市不穩，買錯股票隨時會被套住。

---

69 帶子 　普 dàizi　　粵 daai3 zi2

普 窄而長的條狀物。

例 這條裙子上的粉色帶子很醒目。

粵 一種貝類海產。

例 呢碟蒜蓉粉絲蒸帶子認真唔錯。

這盤蒜泥粉絲蒸帶子真不錯！

---

70 袋 　普 dài　　粵 doi2、doi6

普 口袋。

例 市民的環保意識提高了，出門都習慣帶環保袋。

粵 ❶ 同普通話義。讀 doi2。

❷ 把東西放在口袋或包裹。讀 doi6。

例 我個袋太細，你幫我袋住把遮先。

我的包太小，這把傘先放你包裹。

❸ 收到報酬。讀 doi6。

例 呢份工做一日袋三千都幾著數。

這份工作一天賺三千塊挺合算的。

71 單打 　普 dāndǎ　粵 daan1 daa2

普 ❶ 球類運動中一對一的比賽形式。

例 乒乓球比賽雙打比單打更刺激，更有意思。

❷ 單獨做事。

例 這個項目要團隊合作才能完成，不能單打獨鬥。

粵 ❶ 同普通話義 ❶❷。

❷ 指桑罵槐；迂迴、刻薄地表達不滿。

例 我有乜嘢得罪咗你？做乜事成日單打我？
我哪兒得罪你了？為甚麼整天指桑罵槐的？

72 單位 　普 dānwèi　粵 daan1 wai2

普 ❶ 計量的標準。

例 這裏買房子是以平方米為單位計算的。

❷ 機關、團體部門或工作的地方。

例 妹妹單位的福利特別好。

粵 ❶ 同普通話義 ❶。

❷ 一套房子；地產物業。

例 呢個單位面積細咗啲，不過好在向南又有海景。
這套房子面積小了點兒，但好在朝南，又有海景。

73 啖 普 dàn 粵 daam6

普 吃。

例 俗話説：「一粒荔枝三把火」，怎麼可能「日啖荔枝三百顆」呢？

粵 常用作與嘴部動作相關的量詞。

例 佢喺母親節錫咗媽媽一啖。

她在母親節親了媽媽一口。

74　彈弓　　^普 dàngōng　　^粵 daan6 gung1

普 用彈力發射彈丸的弓。

　例 爸爸說他小時候會自己做彈弓玩兒。

粵 ❶ 同普通話義。

❷ 彈簧。

　例 張彈弓床太軟，瞓到我腰痛。
　　這張彈簧床太軟，睡得我腰疼。

❸ 相關詞語：裝彈弓 → 設圈套暗算別人。

　例 為咗爭客，同事竟然裝我彈弓，好彩我冇上當。
　　為了搶客戶，同事竟然給我下套兒，好在我沒上當。

75　道姑　　^普 dàogū　　^粵 dou6 gu1

普 女道士。

　例 道姑的尊稱為「坤道」。

粵 ❶ 同普通話義。

❷ 女吸毒者的謔稱。

　例 呢度治安唔好，有時會喺街見到道友同道姑。
　　這裏治安不好，有時在街上會看到男女吸毒者。

44

76　得　　普 dé　　粵 dak1

普 ❶ 得到。

⑩ 這次考試得了一百分。

❷ 同意。

⑩ 得，就按你説的辦。

❸ 情況不如人意，表示無可奈何。

⑩ 得，這一停電，一下午打的資料全沒了。

粵 ❶ 同普通話義 ❶❷。

❷ 用在動詞後做補語，表示允許，能夠。

⑩ 食得飯未啊？好肚餓啊！
　　可以吃飯了嗎？好餓啊。

❸ 只有。

⑩ 佢哋出晒街，屋企得我一個。
　　他們都出門了，家裏只有我一個人。

❹ 值得。

⑩ 呢對鞋買得過喎！
　　這雙鞋值得買！

❺ 用在動詞後表示有能力做某事。

⑩ 我爺爺九十幾歲仲行得、食得、瞓得。
　　我爺爺九十歲了，還能走、能吃、能睡。

77　得失　普 déshī　粵 dak1 sat1

普 **❶** 所得和所失。

例 這次失敗了沒關係，別太計較得失。

❷ 利與弊；好處和壞處。

例 房子是買還是租，兩種選擇都有得失。

粵 **❶** 同普通話義 **❶❷**。

❷ 得罪。

例 佢把口好衰，成日得失啲同事。

他說話很難聽，經常得罪同事。

78　得意　普 déyì　粵 dak1 ji3

普 稱心如意。

例 看他那副得意樣兒，就知道事情辦妥了。

粵 ❶ 可愛。

例 呢隻貓肥嘟嘟，好得意呀。
這隻貓肥嘟嘟的，很可愛啊。

❷ 有趣。

例 機械人都可以送餐？咁得意嘅？
機器人也可以送餐？這麼有意思？

79　抵　普 dǐ　粵 dai2

普 ❶ 頂住；支撐。

例 你這樣用木板抵著電梯門很危險。

❷ 抵消。

例 公司已經資不抵債，只能宣佈破產。

❸ 到達。

例 參加本次研討會的學者已經陸續抵京。

粵 ❶ 同普通話義 ❶❷❸。

❷ 價格划算。

例 呢度嘅飲品全部買一送一，好抵買呀！

這兒的飲品全部買一送一，很划算！

❸ 值得，該當如此。

例 啲字寫得咁靚，抵你畀老師讚。

字寫得這麼漂亮，值得你被老師誇。

---

80 **抵死** 普 dǐsǐ 粵 dai2 sei2

普 拚死（堅決的態度）。

例 槍匪在警察的包圍下抵死反抗。

粵 **❶** 活該；不值得同情。

例 佢上堂傾偈畀老師罰企，抵死。

他上課聊天被老師罰站，活該。

❷ 搞笑；過癮。

例 呢套笑片啲對白真係好抵死，笑到我肚痛。

這部喜劇的對白真的很搞笑，笑得我肚子疼。

---

81 **地牢** 普 dìláo 粵 dei6 lou4

普 地面下的監獄。

例 這個毒販罪大惡極，必須讓他把地牢坐穿。

粵 地下室。

48

例 外國嘅獨立屋一般都有地牢，可以用嚟做倉庫。
　　外國的別墅一般都有地下室，可以用作倉庫。

82　　地盤　　普 dìpán　　粵 dei6 pun4

普 ❶ 佔用或控制的地方。

　例 他自以為是地把所管的部門看成是自己的地盤。

　❷ 勢力範圍。

　例 動物世界裏雄性動物都會極力保護自己的地盤。

粵 ❶ 同普通話義 ❶❷。

　❷ 建築工地。

　例 呢個地盤起緊一個大型商場。
　　這個工地正在建一個大型商場。

D

83　　地鋪　　普 dìpù　　粵 dei6 pou1、dei6 pou3

普 把被褥鋪在地上做成的床鋪。

　例 家裏來了客人，我只能在客廳打地鋪了。

粵 ❶ 同普通話義。讀 dei6 pou1。

　❷ 臨街的店鋪。讀 dei6 pou3。也寫作「地舖」。

　例 阿哥租咗間地鋪開餅店。
　　哥哥租了一間臨街的店鋪開麵包店。

84 地下 普 dìxià 粵 dei6 haa6、dei6 haa2

普 地面之下。

例 新建的大商場幾乎都有地下停車場。

粵 ❶ 同普通話義。讀 dei6 haa6。

❷ 建築物地面上的最底層。讀 dei6 haa2。

例 落到去商場地下就會見到詢問處。
下去商場一樓就可以看到問詢處。

85 地震 普 dìzhèn 粵 dei6 zan3

普 地殼震動。

例 火山活動不僅會影響氣候,還會引發地震。

粵 ❶ 同普通話義。

❷ 機構組織大變動、調整。

例 公司大地震,好多做咗好耐嘅同事都被震走咗。
公司大調整,很多工作了很久的同事都被裁了。

86 第二 普 dì-èr 粵 dai6 ji6

普 表示先後次序的排位。

例 第二種方法比第一種簡單。

粵 ❶ 同普通話義。

❷ 另外的；別的。

例 唔好講第二啲嘢住，傾完呢樣嘢先。

別說其他事兒，先把這件事兒說完。

---

87 掂 　普 diān　　粵 dim1、dim6

普 用手托著東西上下晃動來估量輕重。

例 這個西瓜掂起來有三四斤。

粵 ❶ 同普通話義。讀 dim1。

❷ 把事情辦妥。讀 dim6。

例 呢件事你搞唔搞得掂啊？

這件事你能搞定嗎？

❸ 觸踫。讀 dim6。

例 呢種花有毒，唔好掂啊。

這種花有毒，別碰啊。

---

88 點 　普 diǎn　　粵 dim2

普 ❶ 幾何學上的位置、圖形。

例 他每天活動的範圍就是公司和家，兩點一線。

❷ 指點；選擇；決定。

例 今天你來負責點菜吧。

粵 ❶ 同普通話義 ❶❷。

❷ 蘸。

例 食炸薯條梗係要點茄汁先至好食。

吃炸薯條還是要蘸番茄醬才好吃。

❸ 命令,含貶義。

例 阿媽成日點我去街市幫佢買餸。

媽媽每天都支使我去市場幫她買菜。

89　點心　普 diǎn‧xin　粵 dim2 sam1

普 糕餅之類的食品,多為甜味。

例 你記得出差回來買一盒點心給爸爸。

粵 茶樓裏的食物,多為鹹味。

例 呢間酒樓嘅點心好多選擇,最好食係蝦餃。

這家酒樓的港式點心選擇很多,最好吃的是蝦餃。

90　釣魚　普 diàoyú　粵 diu3 jyu2

普 ❶ 用釣竿獲取魚類。

例 他唯一的興趣愛好就是週末去釣魚。

❷ 引誘人上當。

⟨例⟩ 老人經常會成為電信詐騙集團釣魚的對象。

粵 ❶ 同普通話義 ❶。

❷ 打瞌睡。

⟨例⟩ 佢唔鍾意數學，一上堂就釣魚。

他不喜歡數學，一上課就打瞌睡。

91 掉 普 diào 粵 deu6

普 ❶ 落。

例 因為掉下來的一個蘋果，牛頓發現了萬有引力定律。

❷ 遺失；遺漏。

例 昨天逛夜市手機掉了，沒找回來。

粵 扔；丟棄。

例 呢幾件衫穿晒窿，掉咗佢啦。

這幾件衣服已經破了，扔了吧。

92 碟 普 dié 粵 dip2

普 ❶ 盛菜或調味品底平而淺的器皿，比盤子小。

例 餃子煮好了，來碟醋，蘸著吃。

❷ 視盤或光盤。

例 這個歌手今年已經出了兩張新碟。

粵 盤子；盛放物品的淺底器具，一般比碟子大。

例 開飯喇！幫我攞幾隻碟裝起啲餸。

吃飯了！幫我拿幾個盤子盛菜。

93 冬瓜豆腐

普 dōngguā-dòufu

粵 dung1 gwaa1 dau6 fu6

普 冬瓜和豆腐。

例 天太熱，今天做了冬瓜豆腐湯解暑。

粵 三長兩短。

例 打緊風你仲出海游水，萬一有咩冬瓜豆腐點算？

都颳颱風了，你還下海游泳，萬一有個三長兩短怎麼辦？

D

94 凍

普 dòng　粵 dung3

普 ❶ 遇冷凝固。

例 氣溫降到零下，露水都凍成冰了。

❷ 動詞，受冷或感到冷。

例 大冬天的穿這麼少，不怕凍感冒了？

粵 ❶ 同普通話義 ❶❷。

❷ 形容詞，溫度低。

例 呢個商場凍到好似雪櫃嗽。

這個商場冷得好像冰箱一樣。

95 度 ^普 dù ^粵 dou6、dok6、dou2

普 **❶** 計量單位。

例 你近視多少度？鏡片夠厚的。

❷ 量詞「次」。

例 四年一度的奧運會舉世矚目。

粵 **❶** 同普通話義 **❶❷**。讀 dou6。

❷ 動詞，測量。讀 dok6。

例 我幫你度下你有幾高。
我幫你量一下你有多高。

❸ 大概。也寫作「到」。讀 dou2。

例 呢餐飯每人夾一百蚊度。
這頓飯每人一百塊左右。

❹ 地方。讀 dou6。

例 頭先邊個話唔見咗支筆？原來喺我度呀！
剛剛誰說筆不見了？原來在我這兒啊！

96 對 普 duì 粵 deoi3、deoi2

普 ❶ 正確;正常;符合。

㊁ 下午孩子的臉色就不對了,是不是感冒了?

❷ 對抗。

㊁ 女兒處於青春期,總和我對著幹。

❸ 比較、核對。

㊁ 他倆的證詞對不上,肯定有一個人在說謊。

粵 ❶ 同普通話義 ❶❷❸。讀 deoi3。

❷ 東西、身體伸展或移動。讀 deoi2。

㊁ 我開緊車,你唔好對個頭出去呀。

開著車呢,你別把頭伸出去啊。

97 對開 普 duìkāi 粵 deoi3 hoi1

普 ❶ 對半分配,雙方各佔一半。

㊁ 他倆合夥做生意,利潤對開分。

❷(車船等)由兩個地點相向開行。

㊁ 兩艘渡海小輪每天從兩岸同時對開。

粵 對面。

㊁ 餐廳對開有個巴士站,食完飯搭車返屋企好方便。

餐廳對面有一個公交站,吃完飯坐車回家很方便。

98　多心　_普 duō xīn　_粵 do1 sam1

普 亂起疑心。

例 這人很敏感，説話當心點_兒，免得她多心。

粵 ❶ 同普通話義。

❷ 貪心；三心二意。

例 你同一時間學咁多樣樂器，會唔會太多心？
　　你同時學這麼多種樂器，是不是太貪心了？

99　發毛　　普 fā máo　　粵 faat3 mou1

普 害怕；驚慌。

例 我一看到蟑螂心裏就發毛。

粵 發霉。

例 呢袋麵包發咗毛，唔食得喇！
　　這包麵包發霉了，不能吃了。

100　反面　　普 fǎnmiàn

粵 faan2 min6、faan2 min2

普 ❶ 跟正面相反的一面。

例 這塊菜板的材質正面是金屬，反面是硬木。

❷ 壞的、消極的。

例 他演了好幾年的反面角色。

粵 ❶ 同普通話義 ❶❷。讀。faan2 min6。

❷ 翻臉。faan2 min2。

例 兩兄弟為咗爭家產反咗面。

兩兄弟為了爭家產翻了臉。

101 返工 普 fǎn gōng 粵 faan1 gung1

普 因為質量不合要求而重新加工、製作或施工。

例 如果質檢不過關，今晚就要加班返工了。

粵 上班。

例 朝早八點前後係返工嘅高峰期，周圍都塞車。

早上八點左右是上班的高峰期，到處都堵車。

102 飯盒 普 fànhé 粵 faan6 haap2

普 用來裝飯菜的盒子。

例 我打算買個保溫飯盒帶飯上班。

粵 ❶ 同普通話義。

❷ 盒飯。

例 我唔得閒落街食飯，可唔可以買個飯盒畀我食？

我沒空兒去外面吃飯，能幫我買個盒飯回來嗎？

103 房車 普 fángchē 粵 fong2 ce1

普 配有生活設施的汽車。

例 他們兩夫妻開著房車到處旅遊。

粵 轎車。

例 新買嘅架房車好闊落，後面坐三個人都唔覺得迫。

新買的那輛轎車很寬敞，後面坐三個人都不覺得擠。

104 飛　　普 fēi　　粵 fei1

普 ❶ 在空中行動。

⑩ 他週五晚上飛巴黎。

❷ 揮發。

⑩ 瓶蓋兒擰緊點兒，不然香水都飛沒了。

❸ 速度極快。

⑩ 她走路跟飛似的，我小跑都跟不上。

粵 ❶ 同普通話義 ❶❸。

❷ 票；入場券。英語「fare/fee」的音譯詞。

⑩ 為咗買呢張演唱會飛，我排隊排咗三個鐘。

為了買這張演唱會的票，我排了三個鐘頭的隊。

❸ 情侶一方被提出分手。

⑩ 佢畀女朋友飛咗，而家好傷心。

他被女朋友甩了，現在很傷心。

105 肥　　普 féi　　粵 fei4

普 ❶ 脂肪多，除「肥胖」、「減肥」外，不用於人。

⑩ 這頭肥豬起碼有三百斤。

❷ 收入多、油水多。

⑩ 這回你可撈了一個肥差啊。

❸ 肥大。

⑩ 這條褲子買肥了，
一跑步就往下掉。

❶ 形容人或動物肥胖。

⑩ 最近成日打邊爐，食到我肥咗好多。
最近經常吃火鍋，吃得我胖了很多。

② 英語「fail」的音譯詞。考試不及格。

⑩ 我肥咗兩次，今次終於考到車牌喇。

　我考了兩次都沒過，這次終於考到駕照了。

---

106 費事　　普 fèi shì　　粵 fai3 si6

普 事情複雜不容易辦。

⑩ 不就包個餃子嘛，我來吧，一點兒也不費事。

粵 **❶** 同普通話義。

❷ 懶得做，做了也是白費心思。

⑩ 佢咁多要求，我都費事睬佢。

　他這麼多要求，我都懶得搭理他了。

---

107 分數　　普 fēnshù　　粵 fan1 sou3

普 **❶** 成績評核或比賽得分的數字。

⑩ 好學生不只看分數，還要看品行。

❷ 數學名詞。

⑩ 下週我們開始學習分數運算。

粵 **❶** 同普通話義 **❶❷**。

❷ 心裏有數。

⑩ 你唔使擔心我，我有分數㗎喇。

　你不用擔心我，我心裏有數。

108 粉　　普 fěn　　粵 fan2

普 **❶** 粉末。

⑩ 珍珠粉有護膚的功效。

❷ 特指化妝用的粉末。

⑩ 她出門買個菜也要塗脂抹粉的。

❸ 粉條、粉絲或米粉。

⑩ 我沒甚麼胃口,今晚吃碗清淡的米粉就夠了。

粵 **❶** 同普通話義 **❶❷❸**。

❷ 口感麵糊。

⑩ 家姐鍾意食粉嘅蘋果,細妹鍾意食爽脆嘅蘋果。
姐姐喜歡吃麵糊的蘋果,妹妹喜歡吃脆的蘋果。

---

109 奉旨　　普 fèng zhǐ　　粵 fung6 zi2

普 接受皇帝的命令。

⑩ 這集電視劇主要講了欽差大臣奉旨查案的故事。

粵 **❶** 同普通話義。

❷ 總是;理所當然。

⑩ 佢恃住自己係老闆嘅親戚,返工奉旨遲到。
他仗著自己是老闆的親戚,上班總是遲到。

110　改名　　普 gǎi míng　　粵 goi2 meng2

普 更改名字。

例 給孩子起名時要慎重，不然以後改名很麻煩。

粵 ❶ 同普通話義。

❷ 起名字。

例 阿女未出世，我哋已經幫佢改好個名。

女兒沒出生，我們已經幫她起好名字了。

111　告白　　普 gàobái　　粵 gou3 baak6

普 說明；表白。

例 你打算甚麼時候向她告白？

粤 ❶ 同普通話義。

❷ 廣告。

例 你真係時時刻刻幫緊呢款手機賣告白。

你真是時時刻刻幫這款手機做廣告。

---

112 工夫　　普 gōng·fu　　粵 gung1 fu1

普 時間。

例 我沒閒工夫跟你嚼舌頭。

粵 事情；活兒。

例 拿破崙蛋糕嘅製作過程好複雜，要做好多準備工夫。

拿破崙蛋糕的製作過程很複雜，要做很多準備工作。

G

113 工人　　普 gōngrén　　粵 gung1 jan4

普 體力勞動者。

例 工廠最近在趕工，工人們都在加班。

粵 ❶ 同普通話義。

❷ 家庭僱工。

例 工人姐姐喺我屋企做咗好多年。

保姆在我家幹了很多年。

114　公公　　普 gōng‧gong　　粵 gung4 gung1

普 丈夫的父親。

例 她嫁過來後一直跟公公婆婆住。

粵 ❶ 外祖父。

例 公公好錫個外孫，日日湊佢返學放學。

姥爺很疼這個外孫子，天天都接他上學放學。

❷ 年老的男性。

例 呢條村嘅公公婆婆好鍾意一齊去旅行。

這個村子的老人家很喜歡一齊去旅行。

115　公婆　　普 gōngpó　　粵 gung1 po2

普 丈夫的父親和母親。

例 她把公婆當成自己的父母一樣孝順。

粵 夫妻倆。

例 難得放假，今晚我哋兩公婆去撐下枱腳。

難得放假，今晚我們兩口子單獨出來吃飯。

116　攻　　普 gōng　　粵 gung1

普 ❶ 攻打；進攻。

例 這場比賽教練排出了一個可攻可守的陣型。

❷ 學習；致力研究。

例 研究所目前主攻新疫苗的研發。

❸ 指責；駁斥。

例 辯論賽中我方敏銳地抓住了對方的漏洞，一路猛攻。

粵 **❶** 同普通話義 **❶❷**。

❷ 受到煙霧、氣味的刺激。

例 我好怕食壽司嗰陣芥辣攻鼻嘅感覺。

我很怕吃壽司時芥末嗆鼻子的感覺。

---

117 拱橋　　普 gǒngqiáo　　粵 gung2 kiu4

普 中部高起，橋洞呈弧形的橋。

例 趙州橋是世界上最古老的大跨度單孔拱橋。

G

粵 **❶** 同普通話義。

❷ 向後彎腰，以手腳撐地的動作。

例 練咗瑜伽之後，我輕輕鬆鬆就做到拱橋。

練了瑜伽後，我輕鬆就能下腰。

118 溝　　普 gōu　　粵 kau1

普 水道；水槽。

　⑩ 要定期疏通水溝，避免滋生蚊蟲。

粵 ❶ 同普通話義。

　❷ 摻和。

　⑩ 你哋倆個真係水溝油，撈唔埋。
　　你倆真是水火不容。

119 夠秤　　普 gòu chèng　　粵 gau3 cing3

普 斤兩足。

　⑩ 這個老闆很老實，買他的東西肯定夠秤。

粵 ❶ 同普通話義。

　❷ 已達到要求的年齡，通常用於否定。

　⑩ 佢唔夠秤，唔可以去酒吧。
　　他年齡不夠，不能去酒吧。

120 姑娘　　普 gū·niang　　粵 gu1 noeng4

普 ❶ 未婚的年輕女子。

　⑩ 小姑娘嘴特甜，真招人喜歡。

❷ 女兒。

例 我家姑娘比較內向。

粵 **❶** 同普通話義 **❶**。

❷ 對女護士、女社工的尊稱。

例 啱啱見完醫生，姑娘叫我約定下次覆診時間。
剛見完醫生，護士讓我預約下次覆診時間。

---

121 骨子　　普 gǔ·zi　　粵 gwat1 zi2

普 **❶** 東西裏面起支撐作用的架子。

例 現在傘骨子的材質越來越輕了。

❷ 相關詞語：骨子裏 → 指內心或實質上。

例 氣質是從骨子裏散發出來的。

粵 精緻；雅緻玲瓏。

例 呢條手鏈幾骨子喎。
這條手鏈挺精緻的。

---

122 蠱惑　　普 gǔhuò　　粵 gu2 waak6

普 使迷惑；誘惑。

例 頭腦清醒的人不是那麼容易被蠱惑的。

粵 鬼點子多；詭計多端。也寫作「古惑」。

例 預咗佢會出蠱惑，大家小心啲唔好中計。
估計他會耍花招兒，大家要小心一點兒，別中計。

123　光　　^普 guāng　　^粵 gwong1

普 ❶ 光線。

⑩ 今晚的月光真迷人。

❷ 甚麼都沒有。

⑩ 大家努力把這一桌菜吃光。

粵 ❶ 同普通話義 ❶❷。

❷ 明亮。

⑩ 而家咁晏，個天仲係咁光嘅？
現在都這麼晚了，天還這麼亮？

124　過　　^普 guò　　^粵 gwo3

普 ❶ 經過；渡過。

⑩ 今年想回老家過春節。

❷ 經過某種處理。

⑩ 過油是地三鮮這道菜不可缺少的步驟。

❸ 看或回憶；溫習。

⑩ 考試前再把知識點在腦子裏過一遍。

粵 ❶ 同普通話義 ❶❷❸。

❷ 用在形容詞後表示比較。

⑩ 我年紀大過你。
我的年紀比你大。

❸ 給予。

⑩ 我切個生果過你食。

我切個水果給你吃。

❹ 用在動詞後，表示重新或重複做。

⑩ 批貨唔合規格，要全部做過晒先得。

這批貨不符合規格，要全部重做才行。

❺ 轉賬。

⑩ 我頭先過咗筆錢畀你應急。

我剛才轉了一筆錢給你應急。

❻ 用在「一＋量詞」後，指動作或事情一下子完成。

⑩ 去書展可以一次過買晒我想睇嘅書。

去書展就可以一次把我想看的書全買了。

---

125 過橋　普 guò qiáo　粵 gwo3 kiu4

G

普 穿通橋面。

⑩ 有人故意用力搖吊橋，晃得我不敢過橋了。

粵 ❶ 同普通話義。

❷ 利用某人或某事擺脫麻煩；逃避責任。

⑩ 佢唔想同上司食飯，就搵我過橋，話約咗我在先。

他不想跟上司吃飯，就拿我當借口，說先約了我。

H

126 喊　 hǎn　 haam3

普 大聲叫。

例 你別扯著脖子喊了，我聽到了。

粵 哭泣。

例 做乜事喊得咁傷心啊？

為甚麼哭得這麼傷心啊？

127 行家　普 háng · jia　粵 hong4 gaa1

普 熟練掌握某項技術或精通某類事情的人。

例 閉門造車可不行，你得請行家指點一下。

粵 ❶ 同普通話義。

❷ 從事同一行業的人。

例 今晚嘅飯聚全部都係行家，大家好啱傾。

今晚聚餐來的全是同行，大家都很聊得來。

128 好心　_普 hǎoxīn　_粤 hou2 sam1

普 好意；心地好。

例 你覺得是好心幫他，人家未必領情。

粤 ❶ 同普通話義。

❷ 一般用於祈使句開頭，表示期望。

例 好心你唔識就唔好亂噏啦。
拜託，你不瞭解就別亂說了。

---

129 荷包　_普 hébāo　_粤 ho4 baau1

普 隨身攜帶裝零錢和零碎東西的小包，通常繡有花紋圖案。

例 古代女子會為心儀的男子繡荷包，以示愛慕之情。

粤 ❶ 同普通話義。

❷ 泛指錢包。

例 聖誕節買咗好多禮物送畀人，荷包大出血。
聖誕節買了很多禮物送人，錢包都空了。

❸ 相關詞語：

Ⓐ 打荷包 → 偷錢包。

例 頭先一個唔覺意畀人打荷包嘞。
剛剛一不小心就被人偷了錢包。

⑧ 拎荷包 → 從錢包裏掏錢，指出錢、請客。

⑨ 佢發咗達，今日拎荷包請食飯。

他發財了，今天出錢請吃飯。

---

130 黑　　普 hēi　　粵 haak1

普 **❶** 像煤或墨的顏色，與「白」相對。

⑩ 郊遊記得做好防曬措施，小心別曬黑了。

❷ 暗中坑害、欺騙或攻擊。

⑩ 現在旅遊景區監管到位，遊客不再害怕被店家黑。

❸ 通過互聯網非法侵入他人的計算機系統查看、更改、竊取保密數據或干擾計算機程序。

⑩ 公司電腦系統裏的資料非常重要，一旦網絡被黑，損失慘重。

粵 **❶** 同普通話義 **❶❸**。

❷ 倒霉；運氣不好。

⑩ 今日好黑，落大雨冇帶遮仲跌親嗻。

今天很倒霉，下大雨忘了帶傘，還摔了一跤。

H

131 痕　　普 hén　　粤 han4

普 痕跡。

> 例 看她臉上的淚痕就知道她有多傷心了。

粤 ❶ 同普通話義。

❷ 癢。

> 例 郊遊嗰陣畀蚊咬到我周身痕。
>
> 郊遊時我被蚊子叮得渾身癢。

132 恨　　普 hèn　　粤 han6

普 ❶ 仇視；怨恨。

> 例 事情過去這麼多年，你還恨他嗎？

❷ 遺憾；懊悔。

> 例 他恨自己發揮失常，沒有進入復試。

粤 ❶ 同普通話義 ❶❷。

❷ 渴望；盼望。

> 例 恨咗成年，終於請到假去旅行。
>
> 盼了一整年，終於請好假去旅行。

H

78

133 吼 普 hǒu　粵 haau1、hau1、hau4

普 ❶ 猛獸嗥叫。

例 獅吼功是少林七十二絕技之一。

❷ 發怒或情緒激動時大聲叫喊。

例 有話好好說，你吼甚麼！

粵 ❶ 同普通話義 ❶。讀 haau1。

❷ 注意；緊盯。讀 hau1、hau4。也寫作「睺」。

例 食飯嗰陣，我隻狗喺側邊吼住隻雞髀。
吃飯的時候，我的狗在旁邊一直盯著雞腿。

❸ 對人、物感興趣。讀 hau1、hau4。

例 我吼住呢對鞋好耐，終於等到佢減價。
我看上這雙鞋很久了，終於等到減價了。

134 戶口 普 hùkǒu　粵 wu6 hau2

普 戶籍。

例 她結婚後把戶口遷到丈夫家了。

粵 銀行賬戶。

例 所有銀行都會為客戶提供網上理財戶口。
所有銀行都為顧客提供網上理財賬戶。

135 花名

普 huāmíng

粵 faa1 ming4、faa1 meng2

普 花的名字。

例 這個手機程序可以查花名，很方便。

粵 ❶ 同普通話義。讀 faa1 ming4。

❷ 綽號。讀 faa1 meng2。

例 佢好鍾意幫人亂改花名。

他特別喜歡幫人亂起外號。

H

136 花蟹 　普 huāxiè　　粵 faa1 haai5

普 一種海蟹。

例 很多人都喜歡吃薑蔥炒花蟹。

粵 ❶ 同普通話義。

② 比喻十元港鈔。

例 唔記得撳錢，銀包入面得返張花蟹。

忘了取錢，錢包裏只剩一張十塊紙鈔。

137　滑　普 huá　粵 waat6

普 **①** 光滑、滑溜。

例 雪天路滑，出門小心點兒。

② 滑動。

例 咱們聖誕節去哈爾濱滑雪吧。

③ 狡詐；油滑。

例 他這個人太滑了，和他共事得謹慎點兒。

粵 **①** 同普通話義 **①②**。

② 形容食物的口感嫩滑。

例 呢碟蒸魚好滑，好好食。

這盤蒸魚很嫩，很好吃。

H

138　化學　普 huàxué　粵 faa3 hok6

普 自然科學中基礎學科之一。

例 這節化學課我們會自己動手做實驗。

粵 ❶ 同普通話義。

❷ 質量差；靠不住。

例 呢部相機好化學，用咗冇幾耐就壞咗。
這部相機質量不好，沒用多久就壞了。

---

139 話　普 huà　粵 waa6

普 ❶ 說出來的帶語義的聲音或將之記錄下來的文字。

例 他太忙了，一天到晚都跟他說不上幾句話。

❷ 助詞。

例 有時間的話，我一定過來。

粵 ❶ 同普通話義 ❶❷。

❷ 告訴。

例 幫我話畀經理知陣間要開會。
幫我告訴經理一會兒要開會。

❸ 認為。

例 中秋節點過好？計我話最好就係去山頂賞月。
中秋節怎麼過？我覺得最好是去太平山頂賞月。

❹ 勸說；責備。

例 我每次夜咗返屋企一定會畀阿媽話。
我每次回家晚了都會被媽媽說。

140 灰　　_普 huī　　_粵 fui1

普 ❶ 物質燃燒後剩下的粉末。

例 香爐裏的灰太滿了，清理一下吧。

❷ 塵土。

例 房子空了半年，到處都是灰。

❸ 消沉；失望。

例 還沒宣佈競標結果，他就已經灰了心。

粵 ❶ 同普通話義 ❶❸。

❷ 悲觀。

例 做咗幾年都冇加過人工，好灰啊！

幹了好幾年都沒加過工資，真沒甚麼指望了。

---

141 晦氣　　_普 huìqì　　_粵 fui3 hei3

普 ❶ 倒霉；不吉利。

例 大過年的，別說晦氣的話。

❷ 倒霉或生病時難看的氣色。

例 瞧你這一臉的晦氣，又怎麼了？

粵 對人不滿的態度。

例 女朋友唔滿意今日嘅行程，又畀晦氣說話我聽。

女朋友不滿意今天的行程，又和我發牢騷了。

142 火頭　　普 huǒtóu　　粵 fo2 tau4

普 ❶ 火的苗頭。

例 必須控制住火頭，不能讓森林火災大面積蔓延。

❷ 起火的源頭。

例 這場火災的火頭是由工廠電線老化、超負荷用電引起的。

❸ 怒氣的高峰；火氣正旺的時候。

例 他正在火頭兒上，你的解釋他聽不進去的。

粵 ❶ 同普通話義 ❶❷。

❷ 紛爭或吵架的源頭。

例 佢成日講錯嘢，四圍烆火頭。
他經常亂說話，到處引起紛爭。

143 火燭　　普 huǒzhú　　粵 fo2 zuk1

普 泛指可引起火災的東西。

例 天氣特別乾燥，要小心火燭。

粵 失火；火災。

例 屋企樓下火燭，所有住戶要即刻疏散。
樓下失火了，所有住戶要馬上疏散。

J

144 激 _普 jī　_粵 gik1

普 ❶ 使水花迸濺。

例 他打水漂很厲害，一塊石頭就能激起一連串的水花。

❷ 刺激。

例 他脾氣這麼好，都被你激得暴跳如雷。

粵 ❶ 同普通話義 ❷。

❷ 激烈；激進。

例 當街跳舞咁激？唔好預我。

在大街上跳舞這麼誇張？別拉上我。

J

145 集郵 _普 jí yóu　_粵 zaap6 jau4

普 收集郵票。

例 我身邊有很多朋友都喜歡集郵。

❶ 同普通話義。

❷ 找知名人士或特別的人合照。

例 佢去親朋友嘅婚宴都會搵靚仔靚女集郵。

他每次去朋友的婚宴都會找帥哥美女拍照。

146 擠 普 jǐ 粵 zai1

普 ❶（人或物）緊緊靠在一起。

例 跨年煙花匯演，觀景點擠滿了人。

❷ 用力壓使排出。

例 有一種擠牙膏的小工具特別好用。

❸ 排斥；擠佔。

例 今天忙得把看畫展的時間都擠沒了。

粵 ❶ 同普通話義 ❶❷。

❷ 擺；放。

例 我唔記得本書擠咗喺邊度。

我忘了那本書放在哪兒了。

147 夾 普 jiā 粵 gaap3

普 ❶ 從兩個相對的方向加壓力，使物體固定。

例 把通知函夾在公告欄上。

❷ 處在兩者之間。

例 他喜歡把火腿片夾在麵包裏吃。

粵 **❶** 同普通話義 **❶❷**。

❷ 性格合得來。

例 佢哋兩個性格好夾，連鍾意嘅運動都一樣。

他倆的性格很合得來，連喜歡的運動都一樣。

---

148 架勢　普 jià·shi　粵 gaa3 sai3

普 姿勢；姿態。

例 看他這架勢是有備而來啊。

粵 有氣派；威風；了不起。

例 佢間新鋪搵咗好多明星剪綵，又幾架勢喎。

他找了很多明星為新店剪綵，挺氣派的。

---

149 堅　普 jiān　粵 gin1

普 堅固；堅固的東西或陣地。

例 打造無堅不摧的團隊，需要有好的領導者。

粵 **❶** 同普通話義。

❷ 真實的。

例 你講嗰件事堅定流？

你說的那件事真的假的？

150　間　普 jiān　粵 gaan1、gaan3

普 ❶ 用於房屋、房間的量詞。

例 這次預訂的民宿有兩間臥室。

❷ 房間。

例 週末休息的時候要好好地整理一下衣帽間。

❸ 一定的空間或時間裏。

例 老師利用午間休息時給學生補課。

粵 ❶ 同普通話義 ❶❷❸。讀 gaan1。

❷ 量詞，用於大部分場所。如：店鋪、工廠、公司、學校、醫院等。讀 gaan1。

例 果間小學隔籬開咗間好大嘅超市。
那所小學旁邊開了一家很大的超市。

❸ 用尺子畫線。讀 gaan3。

例 借把尺畀我，我想間條直線。
借一把尺子給我，我想畫條直線。

❹ 隔開。讀 gaan3。

例 新屋咁大，可以間雜物房出嚟用。
新房子這麼大，可以多隔一個雜物房。

151　件　普 jiàn　粵 gin6

普 用於事情和衣服的量詞。

例 這件事我不清楚，別問我。

粤 ❶ 同普通話義。

❷ 常用於糕點等食物的量詞。

例 肚餓就食件西餅先啦。

餓了先吃塊蛋糕吧。

152　腳　^普 jiǎo　^粤 goek3

普 ❶ 腿的最下端接觸地面的部分。

例 孩子的腳長得快，去年買的鞋今年就不能穿了。

❷ 物體的最下部。

例 孩子們蹲在牆腳下觀察螞蟻搬家。

粤 ❶ 同普通話義 ❶❷。

❷ 腳，也包括大腿、小腿、腳踝。

例 跑完長跑，隻腳抽筋㗎。

跑完長跑，腿都抽筋了。

153　街市　^普 jiēshì　^粤 gaai1 si5

普 商店、商場等密集的街道。

例 疫情期間，往日繁華的街市變得冷冷清清。

粤 菜市場。

例 街市賣嘅生果平過超市好多。

菜市場賣的水果比超市便宜很多。

154 今朝 普 jīnzhāo 粵 gam1 ziu1

普 今天；當下。

例 不能今朝有酒今朝醉，你得趕快振作起來。

粵 ❶ 同普通話義。

❷ 今天早上。

例 今朝好凍，下晝暖返好多。
今天早上很冷，下午暖和多了。

---

155 勁 普 jìng 粵 ging6

普 強勁有力；力量大。現代漢語不能單獨使用，必須與其他語素搭配使用。

例 法國足球隊是歐洲的足球勁旅。

粵 ❶ 同普通話義。

❷ 厲害；有本事。

例 你真係好勁，年年都考第一。
你真的很厲害，每年都考第一。

❸ 非常。

例 佢唱歌勁好聽，唔做歌手嘥晒。
她唱歌非常好聽，不當歌手真可惜。

J

156 九秒九

普 jiǔ miǎo jiǔ

粵 gau2 miu5 gau2

普 表示時間。

例 他在 100 米短跑決賽中跑出了九秒九的成績。

粵 ❶ 同普通話義。

❷ 形容速度很快。

例 一落堂,小朋友九秒九衝出課室。
　　一下課,孩子們飛似地衝出教室。

K

157 卡片 ^普 kǎpiàn　^粵 kaat1 pin2

普 記事紙片。

例 司儀正在整理他的提示卡片。

粵 名片。也寫作「咭片」。

例 你留低張卡片,有需要時我會搵你。

你留張名片,有需要時我會找你。

158　開工　　普 kāi gōng　　粵 hoi1 gung1

普 ❶（工廠）開始生產；（建築工程）開始修建。

⚫ 您訂製的木雕要等到年後工廠開工才能寄過來。

❷ 開始體力勞動。

⚫ 最近是農忙時節，村民天不亮就要開工。

粵 ❶ 同普通話義 ❶。

❷ 上班；開始工作或任務。

⚫ 今日一開工就遇到啲麻煩事。

今天一上班就遇到麻煩事。

159　開胃　　普 kāiwèi　　粵 hoi1 wai6

普 增進食慾。

⚫ 這泡菜很開胃。

粵 ❶ 同普通話義。

❷ 不切實際的空想、慾望。

⚫ 唔使做就有錢落袋？你就開胃囉！

不工作就能賺錢？你想得美！

❸ 用於否定句，表示倒胃口。

⚫ 呢個人成日同我作對，我見到佢就唔開胃。

這人經常跟我作對，我看見他就倒胃口。

K

160 開齋 　普 kāi zhāi　粵 hoi1 zaai1

普 中斷吃素，恢復吃葷。

⑩ 我最近吃素，今天為了給你過生日開齋了。

粵 ❶ 同普通話義。

❷ 在工作或活動中第一次突破。

⑩ 做咗半個月銷售都仲未開齋。

　做了半個月銷售員還沒生意。

161 啃 　普 kěn　粵 kang2

普 ❶ 用門牙把東西一點兒一點兒地咬下來。

⑩ 小狗津津有味地啃著骨頭。

❷ 刻苦鑽研。

⑩ 他對明朝的歷史感興趣，啃了不少這方面的書。

粵 ❶ 狼吞虎嚥。

⑩ 牛扒切細嚿啲先食啦，唔好咁急啃落口呀。

　牛排切小塊兒再吃，別急著往嘴裏塞。

❷ 勉強接受。也寫作「哽」。

⑩ 如果冇人想返通宵更，我唯有啃咗佢。

　如果沒有人想值夜班，只好我來做了。

K

162 口齒　^普 kǒuchǐ　^粵 hau2 ci2

普 ❶ 發音吐字。

⑩ 說繞口令不但要求速度，還要口齒清晰。

❷ 口頭表達能力。

⑩ 這個小姑娘長得真水靈，口齒又伶俐，十分討人喜歡。

粵 ❶ 同普通話義 ❶❷。

❷ 說話講信用。

⑩ 佢份人好有口齒，講得出就一定做得到。
　　他這個人很講信用，說得出就一定做得到。

---

163 口臭　^普 kǒuchòu　^粵 hau2 cau3

普 嘴裏發出難聞的氣味。

⑩ 口臭可能是口腔疾病導致的。

粵 ❶ 同普通話義。

❷ 口出惡言或說不中聽的話。

⑩ 乜你咁口臭㗎？好心你積下口德啦！
　　你說話怎麼這麼損？能不能積點兒口德！

K

164 口氣　^普 kǒuqì　^粵 hau2 hei3

普 ❶ 說話的氣勢或說話時流露出來的感情色彩。

例 他說這件事的時候口氣很嚴肅，應該不是開玩笑。

❷ 言外之意。

例 聽他的口氣，這事兒還不確定。

粵 ❶ 同普通話義 ❶❷。

❷ 口臭。

例 食咗呢款腸胃藥之後，胃痛減輕咗，口氣都冇埋。

吃了這種腸胃藥之後，胃疼減輕了，口臭也沒了。

---

165 口水　^普 kǒushuǐ　^粵 hau2 seoi2

普 唾液。

例 面對一桌美食，他饞得直流口水。

K

粵 ❶ 同普通話義。

❷ 言語。

例 佢每次打嚟都好多口水，講到唔肯收線。

他每次打電話給我都很多話，不願意掛電話。

❸ 相關詞語：嘥口水 → 浪費唇舌。

例 唔使嘥口水向佢解釋咁多，佢唔會明。

別浪費時間跟他解釋這麼詳細，他不會明白的。

---

166 褲頭   普 kùtóu   粵 fu3 tau4

普 內褲（褲衩兒）。

例 今年是你的本命年，買幾條紅褲頭吧。

粵 褲腰，繫腰帶的地方。

例 如果褲頭太緊，可以攞去改衣店改鬆啲。

如果褲腰太緊，可以拿去裁縫店改鬆點兒。

---

167 快手   普 kuàishǒu   粵 faai3 sau2

普 做事敏捷的人。

例 他一分鐘能打一百多個字，真是個打字快手。

粵 敏捷、迅速。

例 佢做嘢好快手，大家都好鍾意搵佢幫手。

她做事很麻利，大家都很喜歡找她幫忙。

K

L

168 拉　普 lā　　粵 laai1

普 **❶ 用車載運。**

　例 咱家東西不多，找搬家公司拉一趟就行了。

　❷ 籠絡；招引。

　例 謝謝你幫忙拉生意，我才可以超額完成這個月的銷售任務。

　❸ 牽累；拉扯。

　例 這可是你自己惹出來的麻煩，別拉我下水。

粵 **❶ 同普通話義 ❷❸。**

　❷ 逮捕；拘捕。

　例 佢同人打交，畀警察拉咗。
　　 他和人打架，被警察抓了。

169 邋遢　普 lā·ta　粵 laat6 taat3

普 多指人不整潔或做事沒有條理。

例 他回家後，臉也不洗，牙也不刷，直接倒頭就睡，太邋遢了。

粵 ❶ 同普通話義。

❷ 骯髒，可用來指人、物品或地方。

例 後巷堆咗好多垃圾，污糟邋遢。

後面的小巷子裏堆了很多垃圾，太髒了。

170 撈　普 lāo　粵 laau4、lou1

普 ❶ 從液體裏取東西。

例 餃子熟了，撈出來吧。

❷ 用不正當的手段獲取利益。

例 利用職業之便吃回扣撈錢的行為是違法的。

粵 ❶ 同普通話義 ❶。讀 laau4。

❷ 把材料拌均勻。讀 lou1。

例 幫我將雞蛋同麵粉撈勻。

幫我把雞蛋和麵粉拌勻。

❸ 工作。讀 lou1。

例 冇見咁耐，撈緊邊行？

好久不見，現在做甚麼工作呢？

④ 混淆。讀 lou1。

例 你哋個名咁似，我成日都撈到亂晒。

你倆的名字那麼像，我經常弄錯。

---

171 老爺 _普 lǎo·ye _粵 lou5 je4

普 舊社會對官吏及有權勢的人的稱呼。

例 包拯斷案如神，剛正不阿，百姓尊敬地稱呼他為「青天大老爺」。

粵 ❶ 同普通話義。

❷ 丈夫的父親。

例 何太係個好新抱，成日陪老爺奶奶出街食飯。

何太太是個好媳婦，經常陪著公公、婆婆出去吃飯。

---

172 累 _普 lèi _粵 leoi6

普 疲乏；辛苦。

例 今天開了五個小時的會，大家累壞了。

粵 ❶ 同普通話義。

❷ 連累。

例 佢嘅失誤累我哋全部人都要加班。

他的失誤連累我們所有人都要加班。

L

173 糧　　^普 liáng　　^粵 loeng4

普 供食用的穀物、豆類和薯類的總稱。

例 今年政府留出了充足的儲備糧，以備不時之需。

粵 ❶ 同普通話義。

❷ 工資。

例 我最期待嘅日子就係每個月嘅出糧日。

我最期待的日子就是每個月發工資那天。

---

174 兩份　　^普 liǎng fèn

粵 loeng5 fan6、loeng5 fan2

普 數量短語；整體中的兩部分。

例 這些都是當地的特產，你帶兩份給同事吧。

粵 ❶ 同普通話義。讀 loeng5 fan6。

❷ 兩人共享。讀 loeng5 fan2。

例 不如我哋買杯雪糕兩份食。

要不我們買一盒雪糕兩個人一起吃。

L

❸ 兩人對半平分。讀 loeng5 fan2。

⑩ 爸爸嘅遺產係我同哥哥兩份嘅。

爸爸的遺產是我和哥哥對半分的。

---

175 料　　普 liào　　粵 liu6、liu2

普 ❶ 估計；猜測。

⑩ 大家都沒料到這位好好先生竟然會發這麼大的火兒。

❷ 材料；原料。

⑩ 這條街都是批發布料的。

粵 ❶ 同普通話義 ❶，讀 liu6；同普通話義 ❷，讀 liu2。

❷ 消息。粵語常說「猛料」、「流料」、「堅料」等。讀
liu2。

⑩ 呢個網頁間唔中會有猛料爆。

這個網頁時不時會有驚人的消息爆出。

❸ 能力。讀 liu2。

⑩ 佢平時唔聲唔聲，其實好有料。

他平時沉默寡言，其實很有本事。

L

176 流 普 liú 粵 lau4

普 移動；流動。

例 融化了的雪水向低窪處流去，形成一條蜿蜒的小溪。

粵 ❶ 同普通話義。

❷ 次等；劣等；假的。

例 呢粒鑽石流㗎，你畀人呃咗。

這顆鑽石是假的，你被人騙了。

❸ 虛假；不可靠（多指消息）。

例 做份問卷送五百蚊超市現金券？堅定流㗎？

做一份問卷送五百元超市現金券？真的假的？

177 樓 普 lóu 粵 lau2

普 ❶ 兩層或以上的多層建築物。

例 城市裏的高樓越建越多了。

❷ 樓層。

例 他家住在二十五樓。

粵 ❶ 同普通話義 ❶❷。

❷ 住宅或單元房。

例 佢想買多一層樓用嚟收租。

她想再買一套房子用來出租。

L

178 樓上　　　^普 lóushàng　　　^粵 lau4 soeng6

普 ❶ 所處樓層以上。

例 父母就住我樓上。

❷ 網絡用語,指比自己先回覆同一個主題帖子的人。

例 樓上的評論都很精彩。

粵 ❶ 同普通話義 ❶❷。

❷ 大於某個數值。

例 呢對鞋我估要五百蚊樓上。

我猜這雙鞋起碼要五百塊以上。

179 樓下　　　^普 lóuxià　　　^粵 lau4 haa6

普 所處樓層以下。

例 我家樓下就有超市,買東西很方便。

粵 ❶ 同普通話義。

❷ 小於某個數值。

例 呢兩日唔係好熱,大約三十度樓下。

這兩天不太熱,估計不超過三十度。

180 漏 ^普 lòu ^粵 lau6

普 ❶ 東西從孔或縫隙中滴落、滲透或掉出來。

例 汽車發動機漏油,要馬上送去維修。

❷ 洩露。

例 別説漏了嘴,我要給她一個驚喜。

❸ 遺漏。

例 再核對一遍晚宴邀請名單,別漏了誰。

粵 ❶ 同普通話義 ❶❷❸。

❷ 東西放在某處忘記帶走。

例 弊喇,我部手機漏咗喺餐廳㗎。
糟糕,我的手機落在餐廳了。

181 漏氣 ^普 lòu qì ^粵 lau6 hei3

普 氣體洩漏。

例 車胎漏氣了,得趕緊找個修車鋪補一補。

L

❶ 同普通話義。

❷ 行動拖拉，不遵守時間。

例 乜你咁漏氣㗎，換件衫要換半粒鐘，成村人等緊你。
你怎麼這麼磨蹭，換件衣服換半個小時，所有人都等著你呢。

---

182 蘿蔔　普 luó·bo　粵 lo4 baak6

普 一種蔬菜。

例 蘿蔔青菜各有所愛。

粵 ❶ 同普通話義。

❷ 比喻凍瘡。

例 最近凍到佢嘅手指生咗好多蘿蔔。
最近太冷了，她手指長了很多凍瘡。

---

183 落　普 luò　粵 log6

普 下降。

例 快繫好安全帶，飛機準備降落了。

粵 ❶ 同普通話義。

❷ 有意識地由上方移動到下方。

例 你成日留喺屋企冇嘢做，不如落街行下啦。
你整天待在家沒事做，不如出去走走吧。

❸ 離開交通工具。

L

例 我準備喺下一站落車。

我準備在下一站下車。

---

184 落單　　普 luòdān　　粵 log6 daan1

普 離開團體，單獨一個人。

例 山上信號不好，跟緊隊伍，不要落單。

粵 ❶ 在餐廳點菜。

例 而家好多餐廳都可以掃二維碼落單。

現在很多餐廳都可以掃描二維碼點菜。

❷ 貿易活動中下訂單。

例 個客遲咗落單，搞到我哋晚晚通頂趕工。

那個客人訂單下晚了，弄得我們要每天連夜趕工。

---

185 落地　　普 luò dì　　粵 log6 dei6

普 ❶ 落到地上。

例 體操運動員完成高空動作後穩定落地。

❷ 嬰兒初生。

例 孩子呱呱落地，一家人終於鬆了口氣。

粵 ❶ 同普通話義 ❶❷。

❷ 新車正式上路行駛。

例 新車落地唔夠一日就畀人刮花咗。

新車剛上路不到一天就被刮花了。

M

186 馬蹄

粵 maa5 tai4、maa5 tai2

普 馬的蹄子。

例 雪地上留下了一串馬蹄印。

M

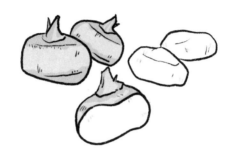

（粵）❶ 同普通話義。讀 maa5 tai4。

❷ 荸薺。讀 maa5 tai2。

（例）馬蹄用嚟煲湯清甜又降火。

用荸薺煮湯又甜又降火。

---

187 埋　（普）mái　（粵）maai4

（普）❶ 蓋住。

（例）山體滑坡，山腳下的房子都被埋了。

❷ 藏。

（例）這段小插曲是作者有意埋下的伏筆。

（粵）❶ 同普通話義 ❶❷。

❷ 靠近；加入。

（例）你哋行埋啲，一齊影張相先。

你們靠近點兒，一起照張相。

❸ 合攏在一起。

（例）膝頭哥個傷口好難埋口。

膝蓋的傷口很難癒合。

M

109

188 滿江紅 普 Mǎnjiānghóng

粵 mun5 gong1 hung4

普 詞牌名。

例 關於《滿江紅·寫懷》這首詞的作者，學界一直有爭議。

粵 ❶ 同普通話義。

❷ 指很多科目不及格。

例 我張成績表滿江紅，可能要留班。

我成績單上很多科目不及格，可能會留級。

189 貓 普 māo 粵 maau1

普 ❶ 一種哺乳動物，常作為寵物。

例 我最近領養了一隻流浪貓。

❷ 相關詞語：

Ⓐ 饞貓 → 貪吃的人。

例 你可真是個饞貓，看見好吃的立馬就來精神了。

Ⓑ 貓步 → 指時裝模特兒表演時走的台步。

例 那個模特兒的貓步走得很有範兒。

Ⓒ 貓兒膩 → 隱秘的或曖昧的事；花招兒。

例 這件事有貓兒膩，小心別上當。

M

ⓓ 貓兒食 → 比喻飯量很小。

⑩ 你吃飯跟吃貓兒食一樣，怪不得這麼瘦。

ⓔ 夜貓子 → 形容晚上不睡覺的人。

⑩ 快考試了，學生們都成了夜貓子。

粵 **①** 同普通話義 **①**。

② 喝醉酒。

⑩ 佢尋晚飲到貓咗，今朝返唔到工。

他昨晚喝醉了，今天早上上不了班。

③ 相關詞語：

ⓐ 病貓 → 有病的人；身體虛弱的人。

⑩ 佢成日都要睇醫生，成隻病貓嚟。

他三天兩頭兒就要去看病，真是個病包兒。

ⓑ 扯貓尾 → 暗中串通好矇騙人。

⑩ 佢哋兩個扯貓尾，呃咗公司好多錢。

他們兩個串通一氣，騙了公司很多錢。

ⓒ 出貓 → 作弊。

⑩ 佢考試出貓，畀學校記咗個大過。

他考試作弊，被學校記了一個大過。

ⓓ 貓紙 → 作弊用的紙條；寫有提示的紙。

⑩ 呢個司儀主持節目從來都唔需要用貓紙。

這個司儀主持節目從來不需要用提示卡。

M

E 賴貓 → 賴皮；耍賴。

⑩ 你已經出咗牌，就唔可以收返張牌咁賴貓㗎。

你已經出了牌，不可以耍賴收回去。

F 老貓燒鬚 → 高手失誤。

⑩ 財務總監竟然老貓燒鬚，計錯咗盤數。

財務總監竟然失誤把賬算錯了。

G 食死貓 → 吃啞巴虧；被冤枉。

⑩ 我冇做錯，你唔好屈我食死貓。

我沒做錯，你別冤枉我。

H 醉貓 → 形容喝醉的人。

⑩ 佢飲咗少少酒，就成個醉貓嗽，行都行唔穩。

他喝了一點兒酒，就像個醉鬼似的走都走不穩。

I 為食貓 → 饞貓，嘴饞的人。

⑩ 你真係見到乜都塞得入口，成隻為食貓嗽。

你見到甚麼都往嘴裏塞，真是一隻饞貓。

---

190 毛手毛腳 　普 máoshǒu-máojiǎo

　　　　　　　　　　 粵 mou4 sau2 mou4 goek3

普 做事粗心大意。

⑩ 你做事毛手毛腳的，不是打碎盤子就是打碎碗。

粵 動手動腳，挑逗調戲異性。

例 再畀我見到你對女同事毛手毛腳嘅話，我就會即刻報警。

再讓我看到你對女同事動手動腳，我就馬上報警。

---

191 霉　　普 méi　　粤 mui4

普 東西因霉菌的作用而變質。

例 霉豆腐是當地一種傳統美食。

粤 ❶ 同普通話義。

❷ 落魄；倒霉。

例 呢排真係好霉，做乜衰乜。

最近太倒霉了，做甚麼都不順。

❸ 布料破損。

例 啲抹枱布好快就用到霉晒。

這些抹布很快就用爛了。

192 密　　_普 mì　　_粵 mat6

🔲 _普 距離近，空隙小。

　　⑨ 這個小區的樓建得太密了，低層採光不太好。

🔲 _粵 ❶ 同普通話義。

　　❷ 頻繁。

　　⑨ 我見你呢排出街食飯食得好密下喎。

　　　　我發現你最近經常在外面吃飯啊。

---

193 密實　　_普 mì·shi　　_粵 mat6 sat6

🔲 _普 細密；緊密。

　　⑨ 這件衣服質量真不錯，針腳很密實。

🔲 _粵 嚴實；嚴密。

　　⑨ 去沙漠要著得密實啲，如果唔係就好容易曬傷。

　　　　去沙漠要穿得嚴實點，不然很容易曬傷。

M

114

194 敏感 　普 mǐngǎn 　粤 man5 gam2

普 **❶** 感覺敏銳，反應很快。

　例 他腿部的舊傷對天氣變化非常敏感，只要一變天就會酸疼。

❷ 容易引起反應的。

　例 工資是個敏感的話題，別隨便打聽。

粤 **❶** 同普通話義 **❶❷**。

❷ 過敏。

　例 我有鼻敏感，一到春天就成日流鼻水。

　　我有過敏性鼻炎，一到春天就整天流鼻涕。

N

195　奶奶　　普 nǎi·nai　　粵 naai4 naai2

普 ❶ 祖母。

⑩ 每次過年，爺爺奶奶都會給我壓歲錢。

❷ 稱呼跟祖母輩分相同或年紀相仿的婦女。

⑩ 老奶奶都八十多歲了，身子骨兒還是很硬朗。

粵 丈夫的母親。

⑩ 奶奶一路當我係佢個女噉錫我。

婆婆一直把我當親閨女那樣疼我。

196　耐　　普 nài　　粵 noi6

普 ❶ 受得住；禁得起。

⑩ 他經常跑東跑西的，得買雙耐穿的鞋。

❷ 忍受；勉強承受。

㉕ 輔導孩子作業得耐著性子慢慢兒教。

⑧ ❶ 同普通話義 ❶。

❷ 長時間。

㉕ 叫咗個外賣，等咗好耐都未送到㗎。

點了份外賣，等了很久還沒送來。

---

197 鬧　　普 nào　　粵 naau6

⑧ ❶ 喧嘩；不安靜。

㉕ 外面怎麼鬧哄哄的？出了甚麼事兒？

❷ 爭吵。

㉕ 兩口子總是為了一些雞毛蒜皮的事兒成天在家鬧。

❸ 擾亂；攪擾。

㉕ 這事兒你都沒查清楚就跑到人家那裏去鬧，像甚麼樣子。

❹ 發洩（感情）。

㉕ 做家長的不能因為孩子一鬧情緒就妥協。

⑧ ❶ 同普通話義 ❶❷❸❹。

❷ 責罵；斥罵；批評。

㉕ 個阿伯成日無啦啦鬧人，個個見到都會避開佢。

那個大爺經常胡亂罵人，大家見到他都躲得遠遠的。

198　泥　　普 ní　　粤 nai4

普 ❶ 土和水的混合物。

例 早市的土豆還帶著泥，一看就很新鮮。

❷ 像泥的東西。

例 奶奶喜歡吃棗泥餡兒的月餅。

粤 ❶ 同普通話義 ❶。

❷ 土。

例 我想將盆花一開二，你幫我去花店買包泥。

我想把這盆花分兩盆，你幫我去花店買包土。

199　捻　　普 niǎn　　粤 nan2、nin2

普 用手搓。

例 端午節奶奶用五彩線捻成手繩，給我們每人繫一條。

粤 ❶ 同普通話義。讀 nan2。

❷ 捏。讀 nin2。

例 返咗一日工好劫，幫我捻下個膊頭。

上了一天班兒很累，幫我按按肩膀吧。

❸ 掐（脖子）。讀 nin2。

例 睇住男主角畀人捻住條頸，大家都好緊張。

看到男主角被掐住脖子，大家都很緊張。

---

200 尿袋 　　普 niàodài 　　粵 niu6 doi2

普 醫用裝尿液的塑料袋。

例 他剛做了手術，不能下床，只能用尿袋了。

粵 ❶ 同普通話義。

❷ 充電寶。

例 我部手機冇電，你有冇尿袋借我叉電？

我的手機沒電了，你有沒有充電寶借我充電？

201 牛肉乾 　　普 niúròugān

　　粤 ngau4 juk6 gon1

普 牛肉經過醬料醃製並以風乾或脫水加工的方式製成的食品。

　例 這個牌子的牛肉乾在我們這裏非常有名。

粤 ❶ 同普通話義。

　　 ❷ 比喻違章停車收到的罰款單。

　例 架車泊咗喺街一晚，第二朝發現食咗幾張牛肉乾。

　　這輛車在路邊停了一晚上，第二天早上發現被貼了好幾張罰單。

N

P

202 扒 　_普 pá　　_粤 paa2

_普 ❶ 用手或工具使東西聚攏或散開。

　_例 他帶著耙子上山扒柴火去了。

❷ 一種烹調方法，先油炸再文火燉爛。

　_例 這家的扒雞做得特別入味。

_粤（西式的）肉排。

　_例 我鍾意食五成熟嘅牛扒。
　　我喜歡吃五成熟的牛排。

203 拍 　_普 pāi　　_粤 paak3

_普 用手掌或片狀物打。

　_例 媽媽哼著搖籃曲，輕拍著孩子睡覺。

_粤 ❶ 同普通話義。

❷ 拼或併在一起。

⑩ 大家幫手拍埋呢幾張枱，陣間要開大食會。

大家幫忙把這幾張桌子併在一起，等會兒要開聯歡會。

---

204 排 _普 pái _粵 paai4、paai2

普 一個挨一個地按次序排列。

⑩ 演出順序排好了嗎？

粵 ❶ 同普通話義。讀 paai4。

❷ 一段時間。粵語常說「呢排」、「嗰排」、「近排」等。
讀 paai4、paai2。

⑩ 呢排會好忙。

這段時間會很忙。

---

205 炮製 _普 páozhì _粵 paau3 zai3

普 ❶ 用中草藥原料製成藥物的過程。

⑩ 中藥材大都需要經過炮製處理，才能符合臨床用藥的
需求。

❷ 編造；制訂（含貶義）。

⑩ 不法分子炮製各種騙局，敲詐老年人的養老金，實在
可惡。

粵 ❶ 同普通話義 ❶。

❷ 收拾，教訓。

例 阿仔喺巴士度扭計，阿媽諗住返到屋企先慢慢炮製佢。

孩子在公共汽車上發脾氣，媽媽想回到家再收拾他。

---

206 皮 　普 pí　　粵 pei4、pei2

普 ❶ 生物或植物的表面組織。

例 我吃蘋果都是連皮吃。

❷ 某些薄片狀的東西。

例 這老房子年久失修，牆皮都脫落了。

粵 ❶ 同普通話義 ❶❷。讀 pei4。

❷ 俗稱以萬做單位的金額，一皮指一萬。讀 pei4。

例 最近有啲手緊，好彩朋友借咗兩皮畀我吊命。

最近手頭有點兒緊，幸好朋友借了兩萬給我周轉。

❸ 錢；本錢。讀 pei2。

例 你買咗架跑車呀？好重皮㗎！

你買了一輛跑車啊？很貴呀！

❹ 等級。讀 pei4。

例 我煮嘅西餐同餐廳廚師整嘅仲差幾皮。

我做的西餐和餐廳廚師做的還差好幾個等級。

P

207 平 ^普 píng   ^粵 ping4、peng4

普 表面沒有高低凹凸，不傾斜。

例 這條路崎嶇不平，非常難走。

粵 ❶ 同普通話義。讀 ping4。

❷ 便宜。讀 peng4。

例 今日超市大減價，啲嘢真係好平好抵買。
　　今天超市大減價，東西真便宜，值得買。

---

208 平台 ^普 píngtái   ^粵 ping4 toi4

普 ❶ 曬台，樓頂露天的地方，供室外活動或晾曬衣物。

例 週末約了朋友去我家樓頂平台一起燒烤。

❷ 進行某項工作所需要的環境或條件。

例 網絡購物平台需要持續投入資金運營。

粵 ❶ 同普通話義 ❶❷。

❷ 多指商場、停車場或大堂上層通往各棟樓宇的露天
　　空間。

例 呢個屋苑嘅平台有好多兒童遊樂設施。
　　這個小區的露天花園有很多兒童遊樂設施。

209 婆婆　　普 pó‧po　　粵 po4 po2

普 丈夫的媽媽。

例 有個明事理的婆婆是做兒媳婦的福氣。

粵 ❶ 外祖母。

例 我係婆婆一手湊大嘅，而家我要好好孝順返佢。

我是姥姥一手帶大的，現在我要好好孝順她。

❷ 年老的女性。

例 前面有個婆婆過緊馬路，你去幫手扶下佢。

前面有個老奶奶正在過馬路，你去幫忙扶扶她。

---

210 鋪位　　普 pùwèi　　粵 pou3 wai2

普 床位。

例 春運期間能搶到兩個鋪位就不錯了，管他硬臥還是軟臥呢。

粵 商店、房屋的鋪面。也寫作「舖位」。

例 新商場就快落成，好多鋪位放緊租。

新商場快要落成了，很多鋪面正在招租。

P

211 騎 <small>普 qí</small> <small>粵 ke4</small>

普 兩腿跨坐。

> 例 我六歲就學會了騎自行車。

粵 ❶ 同普通話義。

❷ 仗勢凌人，多用於被動句。

> 例 唔想成日畀佢騎住，就早啲辭職啦。
>
> 不想整天被他欺負，就早點兒辭職吧。

❸ 相關詞語：

Ⓐ 騎呢 → 怪異；人的行為或性格古怪。

> 例 你正經啲影相，唔好擺騎呢甫士啦！
>
> 你拍照正經一點兒，不要擺奇怪的姿勢！

Ⓑ 騎牛搵馬 → 比喻一邊保持現狀，一邊尋覓更好的機會或待遇。

例 如果佢唔係你理想嘅結婚對象，唔好騎牛搵馬嘥人哋時間啦。

如果她不是你理想的結婚對象，就別騎牛找馬，浪費她的時間。

---

212 企 　普 qǐ　　粵 kei5

普 盼望，希望。現代漢語不能單獨使用，必須與其他語素搭配使用。

例 學生們都企盼著暑假的到來。

粵 站立。

例 今日公司搞活動，我企足一日。

今天公司搞活動，我站了一整天。

---

213 起跳 　普 qǐtiào　　粵 hei2 tiu3

普 開始做跳躍動作。

例 她走上跳板，調整呼吸，準備起跳。

粵 ❶ 同普通話義。

❷ 以某個數字為起點提升。

例 我哋部門嘅人工由一萬蚊起跳。

我們部門的工資一萬起計。

214 砌 普 qì 粵 cai3

普 用泥或灰漿把磚、石等材料逐層黏合疊起。

例 這裏的建築是用花崗岩石塊砌成的。

粵 ❶ 同普通話義。

❷ 身體攻擊。

例 呢個拳手唔夠人砌，竟然使出茅招。

這個拳手打不過別人，竟然出陰招。

❸ 編造。

例 你唔好信佢，呢單嘢分明係佢砌出嚟。

你別相信他，這件事明擺著是他瞎編的。

❹ 拼湊；拼接。

例 一放假，佢就會陪仔女砌積木。

一放假，他就會陪孩子拼積木。

215 潛水   普 qiánshuǐ   粵 cim4 seoi2

普 ❶ 在水面以下活動。

例 週末我們一起去潛水吧。

❷ 在社交平台上只看別人的留言，但不回應。

例 大家在聊天群裏討論得熱火朝天，不過還是有人一直潛水。

粵 ❶ 同普通話義 ❶。

❷ 長時間不露面。

例 公司突然執笠，老細仲潛咗水喋。
公司突然結業，老闆還躲起來了。

216 橋   普 qiáo   粵 kiu4、kiu2

普 橋樑。

例 他已經流浪半年多了，經常在天橋下面過夜。

粵 ❶ 同普通話義。讀 kiu4。

❷ 主意；計策。讀 kiu2。

例 大家一齊諗下有咩橋可以解決件事。
大家一起想一下有甚麼辦法能解決這件事。

Q

217 傾 ᵖ qīng ᵍ king1

🔲 歪斜。

🔘 做這個瑜珈動作時，身體需要向前傾。

🔲 ❶ 同普通話義。

❷ 談話。

🔘 幾時得閒？我哋一齊坐低傾下偈。
甚麼時候有空兒？咱們一起坐下來聊聊。

❸ 商討。

🔘 快啲去同個客傾掂份合約，唔好再拖啦。
趕緊去找客戶談好這份合約，別再拖了。

218 球 ᵖ qiú ᵍ kau4

🔲 圓的立體物。

🔘 各種球類運動我都喜歡。

🔲 ❶ 同普通話義。

❷ 一百萬元的俗稱。

🔘 喺大城市，有一球喺手都唔使旨意買到樓。
在大城市，手上沒有一百萬就別想買房子。

R

219 惹 普 rě 粵 je5

普 ❶ 招引，引起（不好的事情）。

例 這孩子太皮了，三天兩頭兒就在學校給我惹麻煩。

❷ 觸動對方。

例 他性格暴躁，誰都不敢惹他。

❸ 引發人喜歡或憎惡。

例 小貓淘氣玩耍的樣子特別惹人喜愛。

粵 ❶ 同普通話義 ❶❷❸。

❷ 傳染。

例 我中咗流感，你唔好行咁埋，費事惹到你。
　　我感冒了，別離我這麼近，省得傳染給你。

220 熱辣辣　　普 rèlàlà　　粤 jit6 laat6 laat6

普 熱得像被火燒著一樣。

例 大中午的，滑梯被曬得熱辣辣的，晚上再玩兒吧。

粤 ❶ 天氣很熱。

例 今日天氣熱辣辣，最啱食雪條解暑。

今天天氣這麼熱，最適合吃冰棍兒解暑了。

❷ 食物太燙。

例 碗粥熱辣辣，食到我成頭大汗。

這碗粥太燙了，喝得我滿頭大汗。

---

221 熱氣　　普 rèqì　　粤 jit6 hei3

普 熱的空氣或水蒸氣。

例 夏天做飯時，廚房的熱氣真讓人受不了。

粤 ❶ 上火。

例 近排好夜瞓，我有啲熱氣，喉嚨好痛。

最近睡得很晚，我有點兒上火，嗓子很疼。

❷ 食物容易使人上火的特性。

例 煎炸食物好熱氣，我勸你食少啲。

吃煎炸的食物容易上火，你還是少吃點兒吧。

222 人工 ^普 réngōng　^粵 jan4 gung1

^普 ❶ 人造的。

例 公園中心有一個人工湖。

❷ 人力。

例 電腦系統出現故障，只能人工統計收支。

^粵 ❶ 工資。

例 聽講你加咗人工，幾時請我食飯？

聽說你漲工資了，甚麼時候請我吃飯？

❷ 工藝。

例 呢款金手鈪雕龍又雕鳳，人工好靚。

這款金手鐲雕龍刻鳳，工藝精湛。

---

223 人情 ^普 rénqíng　^粵 jan4 cing4

^普 ❶ 人與人之間的情感交流；人際交往中的禮節應酬等習俗。

例 這麼做有點兒不近人情吧？

❷ 交際時送的禮物。

例 人家幫了你這麼大的忙，送點兒人情也是應該的。

^粵 ❶ 同普通話義 ❶。

❷ 婚禮送給新人的禮金。

例 好朋友結婚，梗係要做多啲人情畀佢啦。

好朋友結婚，當然要多給他一些禮金了。

^粵 R

^粵 133

224　認真　普 rènzhēn

粵 jing6 zan1、jing2 zan1

普 ❶ 嚴肅對待，不馬虎。

例 他工作很認真，經理很欣賞他。

❷ 當真；信以為真。

例 一句玩笑話，你怎麼還認真了？

粵 ❶ 同普通話義 ❶❷。讀 jing6 zan1。

❷ 確實。讀 jing2 zan1。

例 呢間餐廳嘅招牌菜認真麻麻。

這家餐廳的招牌菜真的很一般。

225　日頭　普 rì·tou　粵 jat6 tau2

普 太陽。

例 中午日頭這麼大，晚點兒再去買菜吧。

粵 白天。

例 我日頭返工好忙，

　　放咗工先得閒進修。

　　我白天上班很忙，

　　下班才有時間進修。

226 茸　_普 róng　_粵 jung4

普 纖細柔軟。現代漢語不能單獨使用，必須與其他語素搭配使用。

例 小兔子毛茸茸的，真可愛。

粵 ❶ 同普通話義。

❷ 像泥一樣稀爛的東西，多指食材。也寫作「蓉」。

例 我鍾意食焗薯茸多過炸薯條。
比起炸薯條我更喜歡吃土豆泥。

227 入　_普 rù　_粵 jap6

普 ❶ 進來；進去。

例 咱們來早了，現在還不能入場。

❷ 參加某種組織，成為它的成員。

例 孩子七歲了，今年九月該入學了。

粵 ❶ 同普通話 ❶❷。

❷ 錄取。

例 我好開心可以入到第一志願嘅大學。
我很開心被第一志願大學錄取了。

❸ 一個空間較深的位置；靠裏邊。

例 公司最入嗰間房可以望到海景。
公司最裏面那個房間可以看見海景。

❹ 存儲。

例 今日去銀行入數,排隊排咗成個鐘。

今天去銀行存錢,排隊排了一個小時。

---

228 入伙 　普 rù huǒ 　粵 jap6 fo2

普 **❶** 加入集團內部開辦的伙食。

例 聽説食堂的伙食不錯,我也想入伙。

❷ 加入某個集團或集體。

例 他拉了幾個人入伙成立了一家新公司。

粵 遷入新居。

例 我買咗支靚酒賀你哋新屋入伙。

我買了一瓶好酒祝賀你們喬遷之喜。

S

229 三姑六婆

普 sāngū-liùpó

粵 saam1 gu1 luk6 po4

普 泛指不務正業的婦女。

例 有病了就去看病,別找那些三姑六婆在家裏裝神弄鬼。

粵 市井中愛說是非的女性。

例 好心你就唔好學埋啲三姑六婆喺背後講人壞話。

拜託你別學那些長舌婦,在背後說人家的不是。

230 散

普 sàn　　粵 saan3、saan2

普 由聚集而分離。

例 特價商品已經賣完了,大家別排隊了,都散了吧。

粵 ❶ 同普通話義。讀 saan3。

❷ 分手,結束戀愛關係。讀 saan2。

例 我同男朋友拍咗拖五年，最終都係散咗。

我和男朋友談了五年戀愛，最後還是分手了。

231 臊　　普 sāo　　粵 sou1

普 像尿一樣難聞的氣味。

　　例 現在的公廁打掃得很乾淨，一點兒臊味兒都沒有。

粵 羊肉的羶味。

　　例 羊肉好臊，我食唔慣。

羊肉很羶，我吃不慣。

232 沙塵　　普 shāchén　　粵 saa1 can4

普 沙粒和塵土。

　　例 經過多年的植樹造林，沙塵天氣逐漸減少。

❶ 同普通話義。

❷ 形容人性格囂張、傲慢。

例 後生仔,做人要謙虛啲,唔好咁沙塵。
　　年輕人,做人要謙虛點兒,別這麼傲慢。

233　曬太陽　　普 shài tàiyáng

粵 saai3 taai3 joeng4

普 置身於太陽下。

例 曬曬太陽能夠增強人體的免疫力。

粵 ❶ 同普通話義。

❷ 地皮閒置。

例 自從拆咗幾棟舊樓後,嗰塊地皮一路喺度曬太陽。
　　自從拆了幾棟舊樓之後,那幾塊地皮就一直閒置著。

234　山頂　　普 shāndǐng　　粵 saan1 deng2

普 山最高的地方。

例 為了看日出,我們凌晨就開始往山頂爬。

粵 ❶ 同普通話義。

❷ 特指香港太平山山頂。

例 中秋節期間,好多人去山頂賞月。
　　中秋節期間,很多人去太平山頂賞月。

❸ 表演場館內最高偏後的觀眾席。

㊟ 為咗睇呢場演唱會，山頂位置嘅飛我都照買。

　　為了看這場演唱會，最高偏後的座位我也會買。

---

235 上岸　　普 shàng àn　　粵 soeng5 ngon6

普 ❶ 從水域登上陸地。

㊟ 郵輪即將停靠港口，遊客可以上岸觀光。

❷ 不再做壞事，走上正路。

㊟ 他上岸後和之前的狐朋狗友徹底斷了聯繫。

❸ 參加公務員、研究生考試被錄取。

㊟ 恭喜你成功上岸，以後工作算是穩定了。

粵 ❶ 同普通話義 ❶。

❷ 發財；生活安定。

㊟ 你有份筍工又買咗層樓，上晒岸啦。

　　你有份好工作，又買了房子，生活無憂了。

---

236 上車　　普 shàng chē　　粵 soeng5 ce1

普 進入車內。

㊟ 上下班高峰期，大家還是有序地排隊上車。

粵 ❶ 同普通話義。

❷ 首次購買住宅物業。

例 只要努力搵錢，四十歲前應該上到車。

只要努力賺錢，四十歲以前應該能買到房子。

❸ 相關詞語：上車盤 → 指適合首次購買的住宅物業。

例 市區交通方便，樓價比較高，好難搵到上車盤。

市區交通方便，房價比較高，首次置業很難找到合適的
房子。

---

237 上身　　普 shàngshēn　　粵 soeng5 san1

普 ❶ 身體的上半部。

例 他面試那天上身穿了一件白襯衫。

❷ 新衣服初次穿在身上。

例 新衣服剛上身半天就弄髒了。

粵 ❶ 同普通話義 ❶。

❷ 比喻某種人、物或靈魂附體。

例 今日嘅足球比賽阿哥簡直係球王上身，連入三球。

今天的足球比賽哥哥簡直像被球王附身一樣，連進
三球。

❸ 相關詞語：攬上身 → 承擔責任。

例 有咩要幫手你即管出聲，唔好乜都攬晒上身。

有要幫忙的你儘管說，別甚麼事兒都自己擔著。

S

238　上堂　普 shàng táng　　粵 soeng5 tong4

普 上法庭。

例 這個案子需要他上堂作證。

粵 ❶ 同普通話義。

❷ 上課。

例 就快上堂，唔好再玩手機喇。

快上課了，別再玩兒手機了。

239　蛇　普 shé　　粵 se4

普 一種爬行動物。

例 蛇有冬眠的習性。

粵 ❶ 同普通話義。

❷ 偷懶。

例 次次開會都唔見人，佢今次又蛇咗去邊？

每次開會都看不到他，這次又跑哪兒去偷懶了？

❸ 相關詞語：

Ⓐ 屈蛇 → 舊指偷渡的人隱匿在交通工具裏掩人耳目，現多指偷偷留宿在他人的宿舍。

例 今晚去你宿舍屈蛇得唔得呀？

今晚去你宿舍住一宿，行不行？

Ⓑ 人蛇 → 指非法入境者。

⑨ 人蛇經常會由水路偷渡入境。

　　非法入境者經常會從水路偷渡入境。

Ⓒ 蛇竇 → 偷渡者的藏身之地,現多指躲懶的地方。

⑨ 呢間茶餐廳係好多打工仔嘅蛇竇。

　　這家茶餐廳是很多上班族躲懶的地方。

Ⓓ 蛇頭 → 組織非法入境者的集團頭目。

⑨ 蛇頭將人蛇安置喺郊區一間廢置嘅屋入面。

　　非法入境的組織者把偷渡的人藏在郊區一所廢棄的房子裏。

Ⓔ 生蛇 → 帶狀疱疹。

⑨ 聽講生過水痘嘅人,就會有機會生蛇。

　　聽說得過水痘的人有可能會長帶狀疱疹。

Ⓕ 蛇王 → 工作時間躲懶。

⑨ 下晝見完客順便蛇王,去食咗個下午茶。

　　下午見完客戶順便躲懶,去喝了個下午茶。

240　神化　　🔊 shénhuà　　🔊 san2 faa3

🔲 視為神一樣。

　　⑨ 追星族神化了自己的偶像,做出很多瘋狂的行為。

🔲 舉止異常。粵語也說「神神化化」。

　　⑨ 佢真係好神化,好難估到佢諗緊乜。

　　　他性情很古怪,很難猜到他在想甚麼。

143

241 升降機　普 shēngjiàngjī

粵 sing1 gong3 gei1

普 多指在建築工地或工廠裏運載材料或貨物的設備。

例 要等升降機故障排除，建材才能運上去。

粵 電梯，多指載人的升降裝置。粵語也說「較」。

例 坐輪椅嘅人士，請使用左邊嘅升降機。

坐輪椅的人士，請使用左邊的電梯。

---

242 生性　普 shēngxìng　粵 saang1 sing3

普 從小養成的性格、習慣。

例 他生性開朗、樂觀。

粵 懂事。

例 大仔好生性，成日主動幫手照顧細佬妹。

大兒子很懂事，平常會主動幫忙照顧弟弟、妹妹。

---

243 失禮　普 shīlǐ　粵 sat1 lai5

普 ❶ 沒有禮貌；違背禮節。

例 你必須為自己失禮的行為道歉。

❷ 謙詞，向對方致歉。

例 沒能親自去機場接您，失禮了。

粵 ❶ 同普通話義 ❶❷。

❷ 禮貌用語，多指不成敬意。

例 份禮物唔知啱唔啱你心意，失禮晒。

準備了一份小禮物，希望您喜歡，不成敬意。

---

244 食　　普 shí　　粵 sik6

普 ❶ 吃飯。

例 他一寫論文就會廢寢忘食。

❷ 食物。現代漢語不能單獨使用，必須與其他語素搭配使用。

例 今晚主食吃麵條好不好？

粵 ❶ 同普通話義 ❶❷。

❷ 把非食物的東西吸進體內。粵語常說「食煙」、「食塵」、「食風」等。

例 餐廳裏面唔食得煙㗎。

餐廳裏不能抽煙。

❸ 卡住。

例 背囊條拉鏈食死咗，拉極都拉唔郁。

背包的拉鏈卡住了，怎麼都拉不動。

❹ 控制。

例 佢咩事都要徵求老婆同意，畀人食住晒囉。

他甚麼事兒都得老婆同意，被管住了。

⑤ 謀生。

例 出面搵食艱難，你份工咁好就唔好再轉工喇。

　　找工作不容易，你這份工作這麼好就別再換了。

245 使得　　普 shǐ·de　　粵 sai2 dak1

普 **❶** 可以使用。

例 你的古董相機還使得嗎？

❷ 能行；可以。

例 我看這個辦法倒使得。

粵 **❶** 同普通話義 **❶❷**。

❷ 好用；見效。

例 呢支藥膏好使得，搽咗可以紓緩肌肉酸痛。

　　這支藥膏很有效，抹了可以緩解肌肉酸疼。

❸ 有能力，能幹。

例 搵阿亮陪你出差，佢好使得。

　　找阿亮陪你出差吧，他很能幹。

246 世界　　普 shìjiè　　粵 sai3 gaai3

普 **❶** 自然界和人類社會活動的總和。

例 世界真奇妙，還有很多未知的領域等待人類探索。

❷ 地球上所有的地方。

⑩ 我從小就夢想環遊世界。

粵 ❶ 同普通話義 ❶❷。

❷ 發展前景。

⑩ 只要唔怕辛苦，前便有大把世界。
只要不怕辛苦，前景就會很好。

---

247 收工　普 shōu gōng　粵 sau1 gung1

普 在田間或工地上幹活兒的人結束工作。

⑩ 中秋節工友們都提早收工了，趕著回家吃團圓飯。

粵 結束工作；下班。

⑩ 你收工未啊？我喺你公司樓下等緊你。
你下班了嗎？我在你公司樓下等著你呢。

---

248 收口　普 shōu kǒu　粵 sau1 hau2

普 ❶ 編織東西時把開口的地方織好。

⑩ 這件毛衣袖子織得夠長了，該收口了。

❷ 傷口癒合。

⑩ 他有糖尿病，一個小傷口收口都很慢。

粵 閉嘴。

⑩ 我哋講緊正經嘢，唔該你收下把口先。
我們說正經事兒呢，你把嘴閉上。

249 手　　普 shǒu　　粵 sau2

普 ❶ 人體的上肢，手腕以下的部分。

例 他長年幹農活，手很粗糙。

❷ 本領；手段。

例 小伙子身手不凡，表演現場喝彩聲不斷。

❸ 量詞，用於技能、本領。

例 聽說你學過武術，露兩手兒吧。

粵 ❶ 同普通話義 ❶❷❸。

❷ 手，也包括胳膊。

例 去行山唔記得搽太陽油，曬傷咗隻手。

去爬山忘了抹防曬霜，手和胳膊都曬傷了。

250 手勢　　普 shǒushì　　粵 sau2 sai3

普 用手做動作表示某種意思。

例 我看不明白籃球比賽中裁判的手勢。

粵 ❶ 同普通話義。

❷ 手藝。

例 今晚去阿哥度食飯，試下阿嫂啲手勢先。

今天晚上去哥哥那兒吃飯，試試嫂子的廚藝。

❸ 手氣；運氣。

例 今日打牌嘅手勢唔錯，已經連贏三鋪了。

今天打牌的手氣不錯，已經連贏了三局。

---

251 手指　　普 shǒuzhǐ　　粵 sau2 zi2

普 手前端的五個指頭。

例 天太冷了，手指都凍僵了。

粵 ❶ 同普通話義。

❷ 優盤（U 盤）。

例 離開咗公司先醒起，我隻手指仲插住喺公司電腦度。

離開公司才想起來，我的優盤還插在公司的電腦上。

---

252 書蟲　　普 shūchóng　　粵 syu1 cung4

普 喜歡並沉迷於書中的人。

例 他無論走到哪兒都會帶著一本書，真是書蟲。

粵 ❶ 不懂得聯繫實際只知道啃書本的人。

例 佢係書蟲，讀書好叻，但係冇乜朋友。

他只會死讀書，學習很厲害，但沒甚麼朋友。

❷ 蛀蝕衣服和書籍的一種昆蟲；衣魚、蠹魚。

例 天氣潮濕好易生書蟲。

天氣潮濕容易生衣魚。

---

253 書記　　普 shūjì　　粵 syu1 gei3

普 政黨組織中的主要負責人。

例 周書記最近要來我們公司視察。

粵 學校裏的文員。

例 呢位係我哋學校新請嘅書記。

這位是我們學校新請的文員。

---

254 梳　　普 shū　　粵 so1

普 ❶ 整理頭髮、鬍子的用具。

例 奶奶喜歡用檀木梳。

❷ 用梳子整理頭髮、鬍鬚等。

例 頭髮這麼亂，趕緊梳一梳。

粵 ❶ 同普通話義 ❶❷。

❷ 量詞，與排列成梳齒狀的物品搭配使用。

例 喺超市買咗一梳特價香蕉。

在超市買了一把特價香蕉。

255 鼠 普 shǔ 粵 syu2

普 哺乳動物，老鼠。

例 鼠在十二生肖排第一位。

粵 ❶ 同普通話義。

❷ 偷偷地行動。

例 琴日聽講座嗰陣，你鼠咗去邊？

昨天聽講座的時侯，你溜去哪兒了？

❸ 偷東西。

例 我發現個鐘點工鼠咗我啲嘢，所以即刻炒咗佢。

我發現那個鐘點工偷東西，就立刻把他辭退了。

❹ 相關詞語：沙灘老鼠 → 在沙灘偷東西的賊。

例 你哋唔好一齊落水玩，搵個人看住啲嘢，以防有沙灘老鼠。

你們幾個別一起下海玩兒，找個人看著東西，小心有小偷。

256 數 普 shù 粵 sou3

普 ❶ 數目。

例 剛清點完庫存，數能對上嗎？

❷ 幾；幾個。

例 我們公司的產品有數十種。

❶ 同普通話義 ❶❷。

❷ 賬目。

例 你申請咗咁多張信用卡，因住唔記得找卡數。

你申請了這麼多張信用卡，小心忘了還款。

❸ 金錢。

例 頭先食飯每人要夾幾多？陣間計返數。

剛剛吃飯每人要給多少錢？待會兒算算。

❹ 人情債。

例 佢成日請你食飯，呢筆數點計先？

他經常請你吃飯，這個人情怎麼還？

---

257 耍花槍

普 shuǎ huāqiāng

粵 saa2 faa1 coeng1

普 賣弄小聰明，用動聽的言語欺騙人。也作「耍花腔」。

例 你吃了豹子膽了？敢在老闆面前耍花槍。

粵 ❶ 同普通話義。

❷ 打情罵俏。

例 佢哋兩公婆成日當眾耍花槍，真係頂佢哋唔順。

他們夫妻倆經常當眾打情罵俏，真讓人受不了。

258 甩 普 shuǎi 粵 lat1

普 **❶ 揮動。**

例 他一甩鞭子，馬就開始飛奔。

❷ 丟掉；擺脫。

例 創業就要甩掉思想包袱，敢於嘗試。

❸ 拋棄。

例 他最近情緒低落，不是被女朋友甩了吧？

粵 **❶ 同普通話義 ❷。**

❷ 掉落；脫落。

例 最近壓力好大，甩咗好多頭髮。

　　最近壓力很大，掉了很多頭髮。

259　甩手　　_普 shuǎi shǒu　　_粵 lat1 sau2

_普　❶ 擺動手。

　　_例 孫大爺每天早上都會做甩手運動。

　　❷ 扔下事情或工作不管。

　　_例 他甚麼都沒交代就甩手走人了，太不負責了。

_粵　脫手；賣出。

　　_例 二手名錶嘅市場需求好大，你隻錶一定好易甩手。

　　二手名錶的市場需求很大，你這塊手錶一定很容易
　　脫手。

260　水　　_普 shuǐ　　_粵 seoi2

_普　❶ 無色、無味的液體。

　　_例 我先喝口水再和你細說。

---

② 質量差。

例 新買的運動鞋太水了，穿了兩天就開膠了。

③ 量詞，用於洗的次數。

例 這件針織衫質量不錯，洗了好幾水都沒變形。

粵 **①** 同普通話義 **①②③**。

② 量詞，貨物的批次或船往返一次。

例 呢水補貨唔係好掂，同我退返畀工廠。

這批補貨質量不行，給我退回工廠。

③ 錢。

例 呢對襪賣成兩嚿水，邊個會買呀？

一雙襪子賣兩百塊，誰會買啊？

④ 相關詞語：

Ⓐ 吹水 → 吹牛；談天說地。

例 好耐冇見，幾時得閒出嚟吹下水？

很久不見，甚麼時候有空兒出來聊聊？

Ⓑ 回水 → 退錢。

例 演唱會突然要終止，觀眾不停嗌「回水」。

演唱會突然要終止，觀眾一直喊「退票」。

Ⓒ 掠水 → 賣家收取不合理的金額。

例 旅遊旺季嘅機票貴到飛起，真係掠水。

旅遊旺季的機票貴得離譜兒，真是搶錢。

Ⓓ 水皮 → 技術或能力不能達到正常水平。

S

155

例 行幾級樓梯就喘晒大氣，乜你咁水皮㗎。

爬了幾層樓梯就開始喘，你體力這麼差啊。

E 縮水 → 形容人變瘦。

例 見你身形縮晒水，減肥減得好成功喎。

看你瘦了這麼多，減肥減得很成功啊。

F 威水 → 威風。

例 朋友當中你最早成家立室，至威水係你！

朋友中你最早成家立業，最厲害的就是你！

G 心水 → 心思；合心意的。

例 呢份禮物好啱我心水呀，多謝你！

這份禮物很合我心意，謝謝你！

---

261 水泡 　普 shuǐpào 　粵 seoi2 pou5

普 水面上或水裏面的氣泡。

例 聽釣魚的人說河面冒水泡的地方，一般下面會有魚。

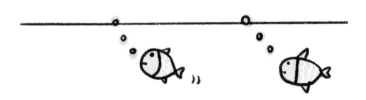

❶ 同普通話義。

❷ 救生圈。

例 唔識游水唔緊要，攬住個水泡落水玩下啦。
不會游泳沒關係，抱著救生圈下水玩兒玩兒。

❸ 備選；後備。

例 如果你唔鐘意佢，就唔好當人哋係水泡。
如果你不喜歡他，就別把人家當備胎。

---

262 水頭　　普 shuǐtóu　　粵 seoi2 tau4

普 泛指水的來勢。

例 錢塘江大潮漲潮時水頭迅猛，非常壯觀。

粵 ❶ 同普通話義。

❷ 個人財力或金錢。

㊎ 最近生意唔好，水頭有啲緊。

最近生意不好，資金有點兒緊張。

263 水位 普 shuǐwèi 粵 seoi2 wai2

普 江河湖海、水庫等水面到指定基準面的相對高度。

㊎ 今年夏天雨水比較少，水庫的水位一直比較低。

粵 ❶ 同普通話義。

❷ 價格漲跌的空間。

㊎ 而家買黃金用嚟投資都仲有啲水位。

現在投資黃金還有漲跌的空間。

❸ 價位；價格。

㊎ 今年買樓水位比較低，買得過喎。

今年房價比較低，值得買。

264 説話 普 shuōhuà 粵 syut3 waa6

普 ❶ 用語言表達意思。

㊎ 説話要注意場合。

❷ 閒聊。

㊎ 你要是睡不著，我陪你説説話兒吧。

粵 ❶ 同普通話義 ❶。

❷ 話語。

㊾ 佢呢句説話係咩意思？

他這句話是甚麼意思？

---

265 算數　　普 suàn shù　　粵 syun3 sou3

普 **❶** 承諾有效力。

㊾ 你怎麼説話不算數兒？太沒信用了。

❷ 表示到⋯⋯為止。

㊾ 教練要求我們在四分鐘內跑完一千米才算數。

粵 **❶** 同普通話義 **❶❷**。

❷ 作罷。

㊾ 算數啦，講極你都唔明。

算了，怎麼說你都不明白。

S

---

266 筍　　普 sǔn　　粵 seon2

普 竹子的嫩芽，常用作食材。

㊾ 我喜歡吃筍炒肉。

粵 **❶** 同普通話義。

❷ 性價比高的；有吸引力的。

㊾ 我終於搵到份筍工。

我終於找到一份好工作。

T

267 踏　_普 tà　_粵 daap6

普 ❶ 踩。

⠀⠀她下樓梯只顧著看手機，一腳踏空把腳崴了。

❷ 開始走上或進入。

⠀⠀畢業後，你們將踏上新的征程，尋找屬於自己的未來。

粵 ❶ 同普通話義 ❶❷。

❷ 報時用，五分鐘為「踏一」，十分鐘為「踏二」，依此類推。三十分鐘為「踏半」，正點為「踏正」。粵語也說「沓」。

⠀⠀我四點踏二叫咗外賣，而家踏正五點都仲未送到。

⠀⠀我四點十分點的外賣，現在五點了還沒送到。

268 彈　　普 tán　　粵 daan6、taan4

普 **❶** 用手指頭碰擊物體。

例 小時候爸爸會和我一起彈玻璃球。

❷ 用手指或器具撥弄或敲打使物體震動。

例 那位彈古箏的女孩是演藝學院的。

❸ 利用機械使纖維變得鬆軟。

例 彈棉花是門老手藝，現在已經很少見了。

粵 **❶** 同普通話義 **❶**，讀 daan6；同普通話義 **❷**，讀 taan4。

❷ 批評。讀 taan4。

例 你彈到佢嘅作品一文不值，太傷佢自尊喇。
　　你把他的作品說得一文不值，太傷他自尊了。

---

269 嘆　　普 tàn　　粵 taan3

普 **❶** 嘆氣。

例 你今天怎麼長吁短嘆的？

❷ 發出讚美的聲音。

例 眼前這美景讓我們嘆為觀止，彷彿走入仙境。

粵 **❶** 同普通話義 **❶❷**。

❷ 享受。

例 今日放假，朝早可以慢慢嘆下杯咖啡。
　　今天放假，早上可以慢慢享受一杯咖啡。

270　糖水　　普 tángshuǐ　　粵 tong4 seoi2

普 含有糖分的水。

例 喝完中藥，滿嘴苦味兒，給我一杯糖水吧。

粵 中式甜品，如芝麻糊、紅豆沙、杏仁茶等。

例 每次去糖水鋪我一定會食芝麻糊。
每次去甜品店我一定會吃芝麻糊。

271　騰　　普 téng　　粵 tang4

普 ❶ 奔跑或跳躍。

例 一聽到這首曲子就聯想到草原上奔騰的駿馬。

❷ 上升。

例 體操運動員騰空轉體的動作很完美。

❸ 使空出時間、空間、人力等。

例 把客房騰出來給你作書房吧。

❹ 用在某些動詞後面，表示動作反覆、連續。

例 他肚子痛，折騰了一個晚上沒睡好。

粵 ❶ 同普通話義 ❶❷。

❷ 匆忙地移動。

例 啲貨一時送去新界，一時送去九龍，搞到我騰嚟騰去。
這批貨一會兒要送到新界，一會兒又要送到九龍，真是
來回折騰我。

272 剔　普 tī　粵 tik1

普 ❶ 把骨頭上的肉刮下來。

例 大骨頭上剔下來的肉熬粥很香。

❷ 從縫隙裏往外挑多餘的東西。

例 有一種鳥專門幫鱷魚剔牙。

粵 英語「tick」的音譯詞。打勾選擇。

例 你想食乜嘢？可以喺張點心紙度自己剔。

你想吃甚麼？自己在菜單上打勾。

273 天光　　普 tiānguāng　　粤 tin1 gwong1

普 天色；天空的光輝，日光。

　　例 透過溶洞的石縫能看到一線天光。

粤 ❶ 天亮。

　　例 尋晚去咗朋友屋企，玩到天光先返屋企。
　　　　昨天晚上去朋友家了，玩兒到天亮才回家。

❷ 相關詞語：一天都光晒 → 雨過天晴，問題都已解決。

　　例 女朋友終於唔嬲我，真係一天都光晒。
　　　　女朋友現在不生氣了，終於雨過天晴了。

---

274 天花　　普 tiānhuā　　粤 tin1 faa1

普 通過空氣傳播的急性傳染病。

　　例 注射疫苗是預防天花的有效方法。

粤 ❶ 同普通話義。

❷ 天花板。

　　例 洗手間嘅天花多數係用防潮嘅材料。
　　　　洗手間的天花板一般用防潮的材料。

275　天棚　　^普 tiānpéng　　^粵 tin1 paang2

普 ❶ 房屋內部加在屋頂或樓板下面的隔層。

例 這家民宿的天棚設計得很別緻。

❷ 夏天搭起來遮蔽陽光的棚。

例 爺孫倆坐在天棚底下邊喝茶邊閒聊。

粵 屋頂天台。

例 啲衫啱啱洗好，拎去天棚度晾下先。

衣服剛剛洗好了，拿到天台上晾吧。

276　天橋　　^普 tiānqiáo　　^粵 tin1 kiu4

普 為了行人橫穿鐵路、馬路等而架設的橋。

例 為了安全還是走人行天橋，千萬不能亂過馬路。

粤 ❶ 同普通話義。

❷ 時裝表演中的 T 台。

例 入咗行咁耐淨係拍過硬照，聽日終於可以行天橋喇。

入行這麼久只拍過平面照，明天終於可以走 T 台了。

277 天時　　普 tiānshí　　粤 tin1 si4

普 宜於做某事的氣候條件。

例 別誤了天時，這幾天要抓緊播種。

粤 ❶ 同普通話義。

❷ 天氣。

例 天時熱最好就係留喺有冷氣嘅地方。

天熱最好待在有空調的地方。

278 天書 普 tiānshū 粵 tin1 syu1

普 **難認的文字或難懂的文章。**

例 投資理財類的書對我來說就是天書。

粵 **實用而有參考性的書籍。**

例 我去旅行一定要買本旅遊天書,跟住裏面介紹嘅行程去玩。

我去旅行一定要買本旅行指南,跟著裏面介紹的行程去玩兒。

279 甜 普 tián 粵 tim4

普 **❶ 像糖和蜜的味道。**

例 這個酸奶太甜了,買低糖的吧。

❷ 形容乖巧、討人喜歡。

例 這個小姑娘的笑容特別甜。

❸ 舒適愉快。

例 寶寶在媽媽的歌聲陪伴中睡得很甜。

粵 **❶ 同普通話義 ❶❷。**

❷ 味道鮮美。

例 碗湯好甜,一飲就知係用真材實料煲嘅。

這碗湯味道真鮮,一喝就知道是用真材實料熬的。

280 貼士　　^普 tiēshì　　^粵 tip1 si2

普 英語「tips」的音譯詞。用來提醒或提示的簡短信息。

例 請務必留意本次行程的安全貼士。

粵 ❶ 同普通話義。

❷ 小費。

例 喺美國嘅餐廳食飯一定要畀貼士。

在美國的餐廳吃飯一定要給小費。

❸ 內幕消息。

例 最近買咩股票好？你有冇貼士呀？

最近買甚麼股票好？你有沒有內幕消息啊？

---

281 通氣　　^普 tōng qì　　^粵 tung1 hei3

普 ❶ 使空氣流通。

例 打開窗戶通通氣。

❷ 通過管道輸送燃氣、暖氣等。

例 天然氣幹線鋪設完工，預計下週可以通氣。

❸ 互通信息。

例 行程規劃如有變動，我們隨時通氣。

粵 識趣。

例 佢哋兩個想單獨傾下，我哋通氣啲行開先。

他們兩個想單獨聊聊，我們識趣點兒先走開。

282 通水　普 tōng shuǐ　粵 tung1 seoi2

普 供水系統正式開通。

例 新建成的小區要等通水、通電後才能交付使用。

粵 通風報信；泄題；泄密。

例 點解今次考試你咁高分，係咪有人通水畀你？

這次考試你怎麼考得這麼好，是不是有人給你通風報信了？

283　萬歲　　普 wànsuì　　粵 maan6 seoi3

普 祝願、歡呼的口號。

例 畢業晚宴上，同學們齊唱「友情萬歲」。

粵 ❶ 同普通話義。

❷ 別人請客。

例 明哥升咗職，今晚佢萬歲。

明哥升職了，今天晚上他請客。

284　紋路　　普 wénlù　　粵 man4 lou6

普 物體上的皺痕或花紋。

例 這件剛出土的石雕紋路非常清晰。

粵 ❶ 同普通話義。

❷ 說話、做事的條理；門道。

例 唔好睇佢咁後生，佢講嘢有紋有路㗎。

別看他這麼年輕，說起話來挺有條理的。

---

285 窩心 　普 wōxīn　粵 wo1 sam1

普 心裏的委屈、煩惱不能發洩出來而感到難受。

例 一大早就遇到這種找麻煩的顧客，真窩心。

粵 體貼、貼心。

例 媽咪就快生日，我準備咗一份好窩心嘅禮物。

媽媽的生日快到了，我準備了一份很貼心的禮物。

W

286 犀利　普 xī lì　粵 sai1 lei6

普 鋒利；銳利。

例 這位資深影評人以文筆犀利而聞名。

厲害；有本領。

例 你嘅成績破咗大會紀錄，好犀利喎！

你的成績打破了大會的紀錄，太厲害了！

287 細 普 xì 粵 sai3

普 ❶ 與「粗」相對。

例 她的血管很細，抽血時護士找了半天。

❷ 特指顆粒小。

例 沙灘上的沙子又細又軟，踩上去真舒服。

❸ 精細。

例 她的針線活做得很細。

❹ 細微；細緻。

例 具體的工作讓他們去做，咱們別管得太細了。

粵 ❶ 同普通話義 ❷。

❷ 小，如：體積、面積、規模等。

例 我個頭咁大，點戴得落咁細頂帽啊？

　　我的頭這麼大，怎麼能戴上這麼小的帽子啊？

❸ 年紀小。

例 哥哥成日大蝦細，搶細妹嘅玩具。

　　哥哥經常倚大欺小，搶妹妹的玩具。

288 戲　　普 xì　　粵 hei3

普 ❶ 戲劇；雜技。

例 這齣折子戲演得真精彩。

❷ 玩耍。

例 孩子們在村頭的小河邊戲水。

❸ 開玩笑；嘲弄。

例 他一句戲言，你還當真了？

粵 ❶ 同普通話義 ❶❷❸。

❷ 電影。

例 今晚一齊去間新戲院睇戲好唔好？

　　今晚一起去那家新電影院看電影好嗎？

289 戲院 　普 xìyuàn 　粵 hei3 jyun2

普 劇場。

例 昨晚我們去新光戲院看了一場粵劇。

粵 ❶ 同普通話義。

❷ 電影院。

例 佢兩公婆每星期都去戲院睇戲。

他們夫妻倆每星期都去電影院看電影。

290 蝦 　普 xiā 　粵 haa1

普 生活在水中的軟殼節肢生物。

例 蝦的肉質鮮美，營養價值也很高。

粵 ❶ 同普通話義。

❷ 欺負。

例 見到同學畀人蝦，班長即刻走上前保護佢。

看到同學被人欺負，班長立刻衝上去保護她。

❸ 相關詞語：

Ⓐ 大頭蝦 → 粗心大意。

例 你又唔記得帶鎖匙，真係大頭蝦。

你又忘帶鑰匙了，真是馬大哈。

⑧ 攀弓蝦米 → 形容人的姿勢不好，身體像蝦一樣彎曲。

例 坐直啲，唔好坐到成隻攀弓蝦米噉樣。

坐直點兒，別駝著背。

⑥ 蝦蝦霸霸 → 欺負人。

例 佢恃住自己身型高大，成日蝦蝦霸霸。

他仗著自己個子高大，經常欺負人。

⑩ 蘇蝦 → 嬰兒；幼兒。

例 個蘇蝦同媽咪十足十餅印噉樣。

這個嬰兒和他媽媽簡直就像同一個模子裏刻出來的。

---

291 先　普 xiān　粵 sin1

普 **❶ 時間或次序在前的。**

例 三千米長跑的賽場上，他遙遙領先。

❷ 某一行為或事件發生在前。

例 先打電話問問他在不在公司，別白跑一趟。

❸ 暫時。

例 手機維修期間，可以先用我們提供的備用手機。

粵 **❶ 同普通話義 ❶❷❸。**

❷ 再。

例 食完飯先玩手機啦。

吃完飯再玩兒手機吧。

❸ 才。

⑩ 你成日玩到咁夜先返屋企。

你整天玩兒到這麼晚才回家。

❹ 助詞。希望得到回覆。

⑩ 你噉樣做啱唔啱先？

你這麼做對不對啊？

---

292 閒事　　普 xiánshì　　粵 haan1 si6

普 ❶ 和自己無關的事。

⑩ 你自己的工作都沒完成，還管別人的閒事。

❷ 無關緊要的事。

⑩ 手裏的閒事放一放，咱們先開個會。

粵 ❶ 同普通話義 ❶。

❷ 很容易辦到的事。

⑩ 呢啲閒事唔使問上司，我哋自己搞得掂。

這點兒小事兒別問上司了，咱們自己能搞定。

---

293 鄉下　　普 xiāng·xia　　粵 hoeng1 haa2

普 農村，鄉村。

⑩ 我們省的基礎建設搞得不錯，鄉下的土路都鋪成了柏
油路。

177

粵 ❶ 同普通話義。

❷ 籍貫；故鄉。

例 你鄉下喺邊度？

你老家是哪兒的？

---

294 小朋友

普 xiǎopéngyǒu

粵 siu2 pang4 jau5

普 兒童。

例 這款益智遊戲是專為五到十歲的小朋友設計的。

粵 ❶ 同普通話義。

❷ 對別人或自己未成年孩子的稱呼。

例 我兩個小朋友都學緊鋼琴。

我家兩個孩子都在學鋼琴。

---

295 斜路

普 xiélù

粵 ce3 lou2

普 不正確、不正當的道路或途徑。

例 他因為一己私慾、貪圖名利走上了斜路。

粵 斜坡。

例 呢一段山路冇梯級，只有一條斜路。

這段山路沒有台階，只有一個斜坡。

296 心寒 普 xīn hán　粵 sam1 hon4

普 因失望而痛心。

例 孩子沉迷手機遊戲而不與家人親近，媽媽很心寒。

粵 ❶ 同普通話義。

❷ 覺得恐怖而心裏不安。

例 套恐怖片睇到我好心寒，唔敢一個人行路返屋企。
這部恐怖電影看得我很害怕，不敢一個人走路回家。

---

297 心機　普 xīnjī　粵 sam1 gei1

普 心計。

例 他這個人心機很深，讓人琢磨不透。

粵 心思和精力。

例 就快放長假，我冇晒心機做嘢。
就快放長假了，我沒心思工作了。

298 心涼 　普 xīn liáng 　粵 sam1 loeng4

普 非常失望。

例 候機好幾個小時後，聽到航班取消的消息，一下子就心涼了。

粵 幸災樂禍。

例 見到我畀人鬧，你係咪好心涼？

看到我被罵，你是不是很痛快？

299 辛苦 　普 xīnkǔ 　粵 san1 fu2

普 ❶ 身心勞苦。

例 跑完全程馬拉松很辛苦。

❷ 求人做事的客套話。

例 這事兒還得辛苦您親自過來一趟。

粵 ❶ 同普通話義 ❶❷。

❷ 難受，不舒服。

例 我晚晚都咳到瞓唔到覺，好辛苦。

我每天晚上都咳得睡不好，很難受。

300 馨香 　普 xīnxiāng 　粤 hing1 hoeng1

普 芳香；焚香散發的香味。

　例 樹上的槐花都開了，空氣中飄著陣陣馨香。

粤 ❶ 同普通話義。

　❷ 名聲好；值得珍惜；認為稀奇而喜愛（多用於否定）。

　例 十蚊都唔肯減，你啲貨有乜咁馨香？

　　減十塊錢都不行，你的貨有甚麼稀罕的？

---

301 行 　普 xíng 　粤 haang4

普 ❶ 行走。

　例 讀萬卷書不如行萬里路。

　❷ 能幹。

　例 小夥子真行啊，才來幾天就做到銷售冠軍了。

　❸ 可以，不差。

　例 這道菜的味道還行。

粤 ❶ 同普通話義 ❶。

　❷ 來往，多指男女交往。

　例 佢哋兩個最近行得好埋，我估佢哋拍緊拖。

　　他倆最近走得很近，我猜他們正在談戀愛。

302　醒目　　^普 xǐngmù　　^粵 sing2 muk6

普 清晰明顯，引人注目。

例 你這身兒衣服在人群中太醒目了。

粵 聰明；機靈；才思敏捷。粵語也說「醒」。

例 好彩你咁醒目訂咗枱食飯，如果唔係有排等。

還好你機靈先訂座，不然要等很久。

303 修身　普 xiūshēn　粵 sau1 san1

普 努力提高自己的品德修養。

例 閱讀、繪畫都是修身養性的好方法。

粵 ❶ 同普通話義。

❷ 纖體。

例 減肥修身嘅第一步就係戒糖。

減肥瘦身的第一步就是要戒糖。

304 雪　普 xuě　粵 syut3

普 大氣中水蒸氣遇冷凝結成的白色晶體。

例 今年第一場雪來得這麼早。

粵 ❶ 同普通話義。

❷ 冷凍；冷藏。

例 啲肉雪咗好耐，有陣怪味。

這塊肉凍了太久了，有股怪味兒。

305　眼界　　普 yǎnjiè　　粵 ngaan5 gaai3

普 知識或見聞的廣度。

例 這次的展覽真讓人大開眼界。

粵 ❶ 同普通話義。

❷ 視力。

例 佢好好眼界，遠處招牌上面嘅字都睇得好清楚。
他視力真好，遠處招牌上的字都看得很清楚。

306　眼淺　　普 yǎnqiǎn　　粵 ngaan5 cin2

普 見識淺；眼光短。

例 就他那眼淺的樣兒，難擔大任。

粵 愛哭。

例 佢好眼淺㗎，話佢兩句就喊。
她很愛哭，說她兩句就會掉眼淚。

307 洋蔥　普 yángcōng　粵 joeng4 cung1

普 草本植物，常見的一種蔬菜。

　例 洋蔥是一種營養豐富的蔬菜。

粵 ❶ 同普通話義。

　❷ 傷感。

　例 條片有洋蔥位，我睇完眼濕濕。

　　 這段視頻有的地方特別感人，我看完眼淚汪汪的。

308 一路　普 yīlù　粵 jat1 lou6

普 ❶ 沿路；整個行程中。

　例 今天約了幾個老同學出來郊遊，大家一路上有說有笑。

　❷ 同一類。

　例 別拿他跟我比，我們不是一路人。

粵 ❶ 同普通話義 ❶。

❷ 一直以來。

例 我一路都想搵機會同屋企人去旅行。
我一直想找機會和家人去旅行。

❸ 連用時表示兩種動作同時進行。

例 一路揸車一路講電話好危險。
一邊開車一邊打電話很危險。

---

309 一支箭　普 yīzhījiàn　粵 jat1 zi1 zin3

普 中藥名。

例 一支箭有清熱解毒、活血散瘀的功效。

粵 ❶ 同普通話義。

❷ 形容動作很快。

例 老師一話落堂，佢就一支箭噉衝出課室。
老師一說下課，他就一陣風似的衝出教室。

---

310 陰乾　普 yīngān　粵 jam1 gon1

普 東西放在通風而不見太陽的地方慢慢地晾乾。

例 有些中藥材只能用陰乾的方法炮製，否則會影響藥效。

粵 ❶ 同普通話義。

❷ 漸漸消瘦。

例 成日減肥節食，因住陰乾自己啊。

整天節食減肥，小心瘦成麻桿兒啊。

❸ 慢慢消耗。

例 你仲唔搵工？屋企啲錢就快畀你陰乾晒喇。

你還不找工作？家裏的錢快被你花光了。

---

311 陰功 　普 yīngōng 　粵 jam1 gung1

普 暗中做的好事；指在人世間所做的好事在陰間可以記錄功德。

例 道教向來勸解信眾廣積陰功，方能福有攸歸。

粵 ❶ 同普通話義。

❷ 可憐；淒慘。

例 咁細個就做咗孤兒，真係陰功囉。

年紀這麼小就成了孤兒，真是可憐啊。

❸ 相關詞語：冇陰功 → 表示喪失良心；造孽；作惡。

例 做埋咁多冇陰功嘅事，因住有報應。

做了這麼多缺德的事，小心有報應。

---

312 陰濕 　普 yīnshī 　粵 jam1 sap1

普 陰暗潮濕。

例 陰濕的環境容易滋長霉菌。

187

粵 陰險。

例 呢個人好陰濕，你唔好同佢行得咁埋。

這個人好陰險，你別和他走得那麼近。

---

313 飲茶 普 yǐn chá 粵 jam2 caa4

普 喝茶。

例 老同學聚在一起飲茶聊天兒好不快意。

粵 ❶ 同普通話義。

❷ 廣東一帶的一種飲食方式，到酒樓、飯館喝茶吃點心。

例 呢個禮拜日，叫埋爺爺一齊去酒樓飲茶先。

這個星期天，叫上爺爺一起去酒樓喝茶、吃點心。

314 油 _普 yóu _粵 jau4

普 ❶ 動植物體內所含的脂肪。

例 為了健康，我現在只吃橄欖油。

❷ 用油漆等塗抹。

例 門框有的地方油漆都掉了，重新油一下吧。

粵 ❶ 同普通話義 ❶❷。

❷ 油漆。

例 間屋唔使點裝修，淨係油（刷）油（油漆）就夠。
房子不用怎麼裝修，只是刷刷油漆就行了。

315 油渣 _普 yóuzhā _粵 jau4 zaa1

普 動物脂肪熬煉後的渣滓。

例 炸完豬油的油渣別扔了，用來烙餅挺香的。

粤 ❶ 同普通話義。

❷ 柴油。

例 最近油渣同汽油價格都升咗。

最近柴油和汽油的價格都漲了。

---

316 有心　　普 yǒuxīn　　粤 jau5 sam1

普 ❶ 有某種心意或想法。

例 他有心來送你，但工作實在太忙走不開。

❷ 故意；存心。

例 他就是有心來找茬_兒的，別搭理他。

粤 ❶ 同普通話義 ❶❷。

❷ 感謝對方的關心的客套話。

例 我感冒好得七七八八喇，有心有心。

我感冒好得差不多了，多謝關心。

---

317 幼　　普 yòu　　粤 jau3

普 現代漢語不能單獨使用，必須與其他語素搭配使用。

❶ 未長成的；年紀小的。

例 剛開春，幼苗要注意防凍。

❷ 小孩兒。

㉕ 春節的花燈會非常熱鬧，擠滿了扶老攜幼的市民。

（粵）❶ 同普通話義 ❶❷。

❷ 細，與「粗」相對。

㉕ 減肥後條腰幼咗，買褲可以買細一個碼。

減肥後腰細了，褲子可以買小一號的。

---

318 冤　　普 yuān　　粵 jyun1

（普）❶ 冤枉；冤屈。

㉕ 我這次可真冤，明明是他的錯，卻讓我背黑鍋。

❷ 上當；吃虧。

㉕ 我幾百塊錢買的衣服，人家幾十塊就買到了，真夠冤的。

（粵）❶ 同普通話義 ❶。

❷ 臭氣熏天。

㉕ 頭先經過垃圾房，陣味臭到冤。

剛剛經過垃圾房，那股味兒太臭了。

319 鴛鴦 　普 yuānyāng 　粵 yun1 joeng1

普 善於游泳、能飛的鳥，雌雄多成對生活。

例 婚房被子上的鴛鴦圖案是手繡的。

粵 ❶ 同普通話義。

❷ 咖啡和奶茶混合而成的港式飲品。

例 下晝飲咗鴛鴦，夜晚瞓唔著嘅。
下午喝了杯「鴛鴦」，晚上睡不著了。

❸ 成雙成對又彼此不同的事物。

例 你未瞓醒呀？著咗對鴛鴦鞋嘅。
你沒睡醒呀？穿的鞋兩隻不一樣。

320 早晨 　普 zǎo·chen　粵 zou2 san4

普 從天將亮到八九點鐘的一段時間。

例 他每天早晨起來都要打一套太極拳。

粵 早上的問候語，早安之意。

例 早晨！食咗早餐未呀？

早啊！吃早餐了嗎？

321 增值 　普 zēngzhí　粵 zang1 zik6

普 價值增加。

例 她有今天的成功得益於不斷地自我增值。

粵 ❶ 同普通話義。

❷ 充值。

例 我張電話卡用到冇錢，陣間順便去電訊公司增值先。

我這張電話卡沒錢了，一會兒順路去電訊公司充值。

322 渣　　普 zhā　　粵 zaa1、zaa2

普 ❶ 物品經過提煉或使用後的殘餘部分。

例 用這部破壁機磨豆漿，一點兒渣兒都沒有。

❷ 碎末兒。

例 地上的麵包渣兒引來一群小鳥。

粵 ❶ 同普通話義 ❶❷。讀 zaa1。

❷ 品質、能力或技術差。讀 zaa2。粵語也說「鮓」。

例 個藍牙耳機用咗幾次就壞，咁渣嘅。

這個藍牙耳機用了幾次就壞了，質量這麼差。

---

323 閘口　　普 zhákǒu　　粵 zaap6 hau2

普 閘門開啟時水流過的通道。

例 暴雨持續，為了加速瀉洪，水庫閘口全打開了。

粵 ❶ 同普通話義。

❷ 檢票口。

例 聽日下晝三點喺地鐵站閘口等。

明天下午三點在地鐵檢票口等。

❸ 相關詞：入閘 → 進入檢票口；比喻符合最基本的參選或參賽資格。

例 佢手上已有足夠嘅選票，可以入閘參選學生會會長。

他有了足夠的選票，夠格參選學生會會長。

324 齋　　普 zhāi　　粵 zaai1

普 素食。

例 只要他的病能好，我願意天天吃齋念佛。

粵 ❶ 同普通話義。

❷ 僅僅。

例 你咪齋講唔做，應承咗人就要去幫手。

　　你別只說不做，答應人家的事就要去幫忙。

❸ 單調；寡淡。

例 幅畫冇乜層次，感覺齋咗啲。

　　這幅畫沒甚麼層次，感覺單調了點兒。

325 窄　　普 zhǎi　　粵 zaak3

普 ❶ 寬度小。

例 這段路很窄，開車時得特別小心。

❷ 心胸不開闊；度量小。

例 他這人心眼兒窄，不太好相處。

粵 ❶ 同普通話義 ❶。

❷ 衣服太瘦。

例 著住條好窄嘅裙，周身唔自在。

　　穿了條緊身裙子，渾身不自在。

❸ 勉強；機會微小。

例 以你噉樣嘅成績想讀醫？睇怕窄咗啲。

以你這樣的成績想學醫？看來機會不大。

---

326 遮　　普 zhē　　粵 ze1

普 ❶ 一個物體擋住另一個物體。

例 窗前一棵大樹遮住了陽光。

❷ 掩蓋。

例 這件事大家都知道了，還遮甚麼啊。

粵 ❶ 同普通話義 ❶❷。

❷ 雨傘。

例 而家冇落雨，唔使擔遮喇。

現在不下雨了，不用打傘了。

---

327 摺　　普 zhé　　粵 zip3

普 折疊。

例 小朋友們今天跟老師學摺紙。

粵 ❶ 同普通話義。

❷ 不積極參與社交。

例 佢好摺，放假成日喺屋企煲劇，唔鍾意出街。

他很宅，放假整天在家裏看電視劇，不喜歡出門。

③ 項目停止或結束經營。

例 公司周轉唔到，年頭摺咗。

公司週轉不靈，年初就結業了。

328 針　　普 zhēn　　粵 zam1

普 ❶ 縫衣服用的工具。

例 你襪子破了，拿針線來，我給你補補。

❷ 針劑。

例 他傷口發炎了，需要打消炎針。

粵 ❶ 同普通話義 ❶❷。

❷ 叮咬。

例 我噴咗蚊怕水，所以唔驚會畀蚊針我。

我噴了驅蚊水，所以不怕被蚊子叮。

329 爭　　普 zhēng　　粵 zaang1

普 ❶ 力求得到或達到。

例 這次比賽你一定要爭個冠軍回來。

❷ 爭執；爭論。

例 你們根本爭不出結果來，吵甚麼呀。

粵 ❶ 同普通話義 ❶。

❷ 缺少；欠缺。

例 個個都結晒婚，爭你未結婚喎。

　　個個都結了婚，就差你了。

330　正　　普 zhèng　　粵 zing3、zeng3

普 ❶ 符合標準方向，跟「歪」、「偏」相對。

例 把這幅畫掛正了。

❷ 糾正。

例 這位老師的正音方法很有效。

❸ 恰好。

例 你來了，我們正想給你打電話呢。

❹ 色、味等純正。

例 那家川菜味兒不正，估計大廚不是四川人。

粵 ❶ 同普通話義 ❶❷❸。讀 zing3。

❷ 地道；標準。讀 zeng3。

例 佢嚟咗香港二十年，到而家都講唔正廣東話。

　　他來香港都二十年了，到現在廣東話還說不標準。

❸ 引申作「好」。讀 zeng3。

例 你間屋真係好正，我都好想住下。

　　你這房子真好，我也很想住。

331 執 普 zhí 粵 zap1

普 ❶ 拿著。

例 老師正在教導學生們正確的執筆姿勢。

❷ 堅持。

例 談判桌上雙方各執己見，誰都不肯讓步。

粵 ❶ 同普通話義 ❶❷。

❷ 撿拾。

例 呢個婆婆每日靠執紙皮維生。

這個婆婆每天靠撿紙箱維持生活。

❸ 收拾；整理。

例 今日大掃除，你去執下自己間房啦。

今天大掃除，你去收拾一下自己的房間。

❹ 「執笠」的簡稱，倒閉。

例 呢頭以前有好多餐廳，而家執晒喇。

這裏以前有很多餐館兒，現在都倒閉了。

❺ 一小撮；一小綹。

例 為咗今晚嘅演出，佢染咗幾執粉紅色頭髮。

為了今晚的演出，她染了幾綹兒粉紅色的頭髮。

332 止血 ^普 zhǐ xiě　^粵 zi2 hyut3

普 阻止傷口流血。

例 這種藥有很好的止血效果。

粵 ❶ 同普通話義。

❷ 比喻防止產生危機；避免危機進一步惡化。

例 而家環境咁差，公司為咗止血，唯有大量裁員。
　　現在環境這麼差，公司為了止損，唯有大量裁員。

333 紙 ^普 zhǐ　^粵 zi2

普 寫字、繪畫、印刷、包裝所用的物料。

例 剛去文具店買了一些寫毛筆字的紙。

粵 ❶ 同普通話義。

❷ 憑證；證明文件。

例 如果你要請病假，記得叫醫生開張醫生紙。
　　如果你要請病假，記得讓醫生開證明。

❸ 紙幣；鈔票。

例 畀一百蚊你，幫我唱五張廿蚊紙。
　　給你一百塊，幫我換五張二十的。

334　周圍　　普 zhōuwéi　　粵 zau1 wai4

普 圍繞著中心的部分。

例 人工湖周圍種了很多柳樹。

粵 ❶ 同普通話義。

❷ 到處。粵語也說「四圍」。

例 呢個係秘密，唔好周圍同人講。

這是個秘密，別到處和別人說。

335　諸事　　普 zhūshì　　粵 zyu1 si6

普 指各種事情。

例 祝你在新的一年裏諸事順遂。

粵 ❶ 同普通話義。

❷ 愛管閒事。粵語也說「諸事八卦」。

例 你咁諸事嘅？乜都要知埋一份。

你這麼愛管閒事啊？甚麼都想知道。

336　主任　　普 zhǔrèn　　粵 zyu2 jam6

普 機關部門中的職務，指主持並擔負全部責任的領導者。

例 這份合同必須要找辦公室主任簽字。

（粵）❶ 同普通話義。

❷ 獨立負責或統籌某個領域的工作，但不一定是領導者。

（例）「客戶服務主任」呢份工主要係處理客戶查詢同投訴，大專以下學歷都可以申請。

「客戶服務主任」這份工作主要是處理客戶查詢和投訴，大專以下的學歷都可以申請。

---

337 撞 　（普）zhuàng 　（粵）zong6

（普）❶ 碰撞。

（例）過馬路要小心，被車撞了可不是小事兒。

❷ 碰見。

（例）我正想去找你呢，沒想到在這兒撞上了。

❸ 試探；碰。

（例）公司年會上他抽到了一等獎，真是撞了大運。

（粵）❶ 同普通話義 ❶❷❸。

❷ 巧合。

（例）原本今日要飛法國，點知撞正打風，班機取消咗。

原本今天要飛法國，誰知道碰上颱風，航班取消了。

❸ 重疊。

（例）兩個會撞咗時間，我去邊個好？

兩場會議碰巧時間一樣，我去哪一個好呢？

④ 胡亂猜測。

⑩ 唔記得溫書嗻，陣間測驗唯有撞答案。

忘了複習，一會兒測驗只能瞎矇了。

338 字 　普 zì　　粵 zi6

普 文字。

⑩ 他寫得一手好字，過年經常給鄰居寫春聯。

粵 ❶ 同普通話義。

❷ 表示時間，俗稱五分鐘為一個字。

⑩ 你等多我兩個字，我好快就到。

你再等我十分鐘，我很快就到。

339 走 　普 zǒu　　粵 zau2

普 ❶ 步行。

⑩ 他家離這兒不遠，我們走過去吧。

❷ 運行；移動；挪動。

⑩ 我的手錶不走了，估計是該換電池了。

❸ 親友之間的交往。

⑩ 過年走親戚比上班還累。

❹ 泄露。

⑩ 這是給她準備的驚喜，你可別說走了嘴。

⑤ 失去原樣。

例 她雖然生了孩子，但身材完全沒走樣。

粵 ❶ 同普通話義 ⑤。

❷ 跑。

例 走快啲呀，我哋一定要追到架巴士。

快跑，咱們一定要追到那輛公共汽車。

❸ 去掉不想要的東西。

例 唔該，要碗淨雲吞走蔥，一杯凍咖啡走甜。

麻煩你，一碗餛飩不要蔥，一杯冰咖啡不要糖。

---

340 作　普 zuò　粵 zok3

普 ❶ 寫作；創作。

例 這首歌是他作的曲。

❷ 當成；充當。

例 本來我今天是作後備的，沒想到還上場了。

粵 ❶ 同普通話義 ❶❷。

❷ 編造；虛構。

例 唔好信佢啊，佢最叻作故仔。

別信他，他最會編故事了。

341 做　　普 zuò　　粵 zou6

普 ❶ 製造。

⑩ 親子活動安排了和父母一起做蛋糕。

❷ 舉行；舉辦。

⑩ 老人把做壽的錢捐給了慈善組織。

❸ 假裝某種樣子。

⑩ 他做出一副受傷的樣子。

粵 ❶ 同普通話義 ❶❷。

❷ 演出；放映。

⑩ 今晚電視做乜嘢節目？

今晚電視有甚麼節目？

342 做媒　　普 zuò méi　　粵 zou6 mui2

普 擔任婚姻介紹人。

⑩ 張阿姨總惦記著給年輕人做媒。

粵 ❶ 同普通話義。

❷ 跟別人串通，誘人上當。

⑩ 非法賭場搵人做媒扮賭客，呃咗表哥幾十萬。

非法賭場找人假扮賭客，騙了表哥幾十萬。

參考書目

1. 中國社會科學院語言研究所詞典編輯室:《現代漢語詞典(第 7 版)》,北京:商務印書館,2016。

2. 商務印書館辭書研究中心:《應用漢語詞典》,北京:商務印書館,2000。

3. 商務印書館辭書研究中心:《現代漢語學習詞典(繁體版)》,香港:三聯書店(香港)有限公司,2015。

4. 李宇明:《全球華語大詞典》,北京:商務印書館,2016。

5. 田小琳:《香港社區詞詞典》,北京:商務印書館,2009。

6. 張勵妍、倪列懷、潘禮美:《香港粵語大詞典》,香港:天地圖書有限公司,2018。

7. 陳雄根、何杏楓、張錦少:《追本窮源:粵語詞義趣談》,香港:三聯書店(香港)有限公司,2006。

8. 饒秉才、歐陽覺亞、周無忌:《廣州話方言詞典》,香港:商務印書館,2009。

9. 曾子凡:《廣州話・普通話口語詞對譯手冊》,香港:三聯書店(香港)有限公司,2014。

10. 鄭定歐:《粵語小詞典:滾熱辣香港話 6000 例,從初學到升 level 全搞掂!》,香港:三聯書店(香港)有限公司,2020。